b 48
2984

(Par Chatelain.)

LE PAYSAN

ET

LE GENTILHOMME.

ANECDOTE RÉCENTE.

Imprimerie de FAIN, rue de Racine, place de l'Odéon.

LE PAYSAN

ET

LE GENTILHOMME,

ANECDOTE RÉCENTE.

PARIS,

Chez { L'HUILLIER, Libraire, rue Serpente, N°. 16.
{ DELAUNAY, Libraire, au Palais-Royal.

1817.

LE PAYSAN

ET

LE GENTILHOMME.

ANECDOTE RÉCENTE.

~~~~~~

CHAPITRE PREMIER.

EXPOSITION.

Jean Lerond, propriétaire riche de quatre mille francs de rentes, habitait un village dans un département central de la France. C'était un jeune homme de vingt-huit ans, d'un sens droit, d'une âme honnête. Son père lui avait fait donner une assez bonne éducation ; mais ses goûts l'avaient ramené aux travaux et aux habitudes champêtres, et les connaissances qu'il avait acquises ne lui avaient rien ôté de cette franchise et de cette naïveté qu'on trouve encore parmi beaucoup d'habitans de la campagne.

Il n'avait pas voulu marcher lorsque la conscription l'avait atteint. Il n'entrait pas du tout dans ses vues d'aller se faire tuer à cinq cents

1

lieues de son pays, pour des intérêts qui lui étaient étrangers. Cependant, comme le père était un homme très-soumis aux lois, il avait payé sans murmures un homme, qui marcha pour son fils.

Lerond avait perdu son père peu de temps après. Il se réjouit beaucoup de la révolution de 1814, qui le mettait pour toujours, à ce qu'il croyait, à l'abri d'un service militaire forcé. Ses inquiétudes le reprirent au mois de mars 1815; et en effet, peu s'en fallut qu'il ne fût forcé de marcher dans un bataillon de garde nationale mobilisée. Il s'en dispensa pourtant, et les événemens du mois de juillet, en dissipant encore une fois toutes ses craintes, lui rendirent la tranquillité et lui causèrent la joie la plus vive qu'il eût encore éprouvée.

Il y avait dans le village un ancien château, qui, avant la révolution, avait appartenu au seigneur de l'endroit. Ce seigneur ayant émigré, ses biens furent mis en vente. Un de ses parens avait acheté le château et une partie des dépendances, à un prix peu élevé, dans l'intention de les rendre au légitime propriétaire s'il rentrait jamais dans sa patrie. Sa fortune assez modique ne lui avait pas permis d'acheter la totalité. La moitié environ des terres avait été vendue à un propriétaire de l'endroit, qui les avait revendues au père Lerond, lequel les avait laissées à son fils.

Lerond se trouvait donc, sans s'en douter, propriétaire d'une partie des terres de l'ancien seigneur du village. Il était près de se marier avec la fille du laboureur Thomas, dont il était amoureux : c'était le meilleur parti de l'endroit. Le père Thomas était riche ; il agréait la recherche de Lerond, et Catherine sa fille ne le voyait pas avec indifférence. Il n'y avait donc point d'obstacle au bonheur de ces deux jeunes gens.

Lerond était aimé des paysans. Il était bien avec le curé. Il avait pour ami un M. Simon, qui avait autrefois habité la capitale, et qui s'était fixé à la campagne, où il vivait d'un revenu assez modique. Ce M. Simon lisait beaucoup, vivait très-retiré, et les paysans avaient pour lui de l'estime et du respect. Lerond était fort bien aussi avec le maire de l'endroit, homme respectable, qui aimait à rendre service à ses administrés, et contre lequel il ne s'était pas élevé une plainte depuis plusieurs années qu'il remplissait ces fonctions.

Le maire avait pour adjoint un nommé Robert, auquel on avait donné cette place, parce qu'il écrivait bien et qu'il avait une certaine habitude des affaires. Cet homme, ayant été autrefois clerc de procureur, était venu se faire maître d'école dans le village. Sa femme, qu'il rendait très-malheureuse, étant morte, il ferma l'école, et devint le secrétaire de la commune, qui le logeait, et lui donnait annuellement une petite somme, qui le mettait à même de vivre. Robert n'était aimé de personne. Il était hautain, persiffleur, intrigant, et peu scrupuleux quand il s'agissait de son intérêt. Lorsqu'il se vit veuf, il convoita la dot de Catherine et se mit sur les rangs; mais un tel soupirant n'était du goût ni de Catherine ni de son père. On lui avait déclaré franchement qu'il n'avait rien à espérer, et il avait cessé ses poursuites, conservant un profond ressentiment contre Thomas et sa fille, et surtout contre Lerond, qui était son rival préféré.

La tranquillité la plus profonde régnait dans ce village, où l'on ne s'était nullement ressenti de nos dernières commotions politiques. Les événemens n'y étaient connus que long-temps après qu'ils étaient arrivés et quand déjà on n'en parlait plus ailleurs. Les paysans ne s'occupaient que de payer leurs impôts et de vaquer à leurs travaux.

Ce calme ne fut pas de longue durée.

CHAPITRE II.

GRANDE NOUVELLE.

On annonça tout-à-coup la prochaine arrivée
de M. de Fierenville, ancien seigneur du village, envers lequel son parent avait rempli ses
généreuses intentions, et qui se trouvait encore
une fois propriétaire du château et d'une partie
des terres qui en dépendaient. M. de Fierenville,
en 1814, était resté à Paris, où il sollicitait auprès de la cour; mais, cette année, il avait jugé
nécessaire de venir à la campagne, où il ne
doutait pas que sa présence ne dût influer
d'une manière salutaire sur l'esprit public.

Robert pensa de suite qu'il serait important
pour lui de s'insinuer dans les bonnes grâces de
M. de Fierenville, que cela lui donnerait du
relief et pourrait lui faire jouer un rôle. En
conséquence, il alla trouver le maire, et lui
dit qu'il fallait se disposer à faire à M. de
Fierenville une réception qui lui prouvât le
bon esprit des habitans. Le maire lui répondit
que M. de Fierenville n'était qu'un propriétaire
comme un autre; et que lui, maire, premier
personnage de l'endroit, ne devait rien qu'à

l'autorité. Robert fut scandalisé de cette réponse du maire ; il lui reprocha d'avoir des idées révolutionnaires , et alla trouver le curé pour tâcher de le déterminer à crier avec lui. Le curé entra pleinement dans ses vues. Il se rendit chez le maire pour lui faire sentir la nécessité d'accéder à la proposition de Robert. Le maire ne voulut rien prendre sur lui , et fit appeler les principaux de l'endroit pour prendre leur avis sur cet important objet. Lorsque le maire leur eut exposé avec simplicité le motif de la réunion , Robert prit la parole :—Il s'agit ici, dit-il , d'une chose plus intéressante qu'on ne croit. M. de Fierenville est un seigneur respectable , bien vu à la cour , et qui a du crédit. Il faut lui prouver , par la réception que nous lui ferons, que nous aimons les fidèles serviteurs du Roi , et que nous partageons leurs sentimens. Le temps n'est plus , messieurs, où on pouvait parler d'égalité. La noblesse va reprendre sa prépondérance ; ne soyons pas les derniers à la reconnaître , et tâchons par notre empressement de mériter la protection de M. de Fierenville. Lerond interrompit Robert : —Vous croyez donc , dit-il, M. Robert, que vous parlez à des enfans ? Qu'on ait du respect pour la noblesse, rien de mieux ; mais quand vous venez nous parler de sa prépondérance ; c'est autre chose. La noblesse , quand elle n'est accompagnée d'aucune charge dans l'état , ne donne droit à aucune marque de respect et de distinction de la part de nous autres pauvres diables. M. de Fierenville n'est rien qu'un gentilhomme ; il n'a aucun emploi public ; laissez-le donc arriver sans déranger personne. S'il est brave homme , nous aurons pour lui de l'estime et de la vénération; s'il n'en mérite pas, nous ne le regarderons ni ne lui parlerons. Ah ! dit Robert, ce langage est bien celui de la classe d'hommes à laquelle vous apparte-nez. Vous êtes fâché de voir revenir M. de Fierenville ; vous n'oserez pas soutenir sa pré-sence , elle sera pour vous un reproche con-tinuel. — Que diable me contez-vous-là , dit Lerond ?—Ayez l'air de ne pas le savoir , vous qui retenez les biens dont on a dépouillé M. de Fierenville ; vous qui , si vous aviez de la dé-licatesse , lui rendriez ce que vous possédez injustement. — Ces mots révélèrent tout à coup à Lerond une chose à laquelle il n'avait jamais songé. Cette triste découverte , dont il était re-devable au zèle de Robert, le troubla telle-ment, qu'il ne put lui répliquer. Robert pérora encore long-temps; les paysans , déconcertés par le trouble de Lerond, n'osèrent pas le contredire. Le curé joignit son autorité aux exhortations de Robert. Il fut décidé, sans que personne osât s'y opposer, qu'on recevrait M. de Fierenville avec tous les honneurs dus à son rang; que les principaux habitans, ayant à leur tête M. le maire, iraient le complimenter chez lui. Robert, triomphant, se chargea de diriger tous les préparatifs de la réception. Les paysans se retirèrent assez tristement. Ils entrevoyaient dans ce que Robert venait de dire à Lerond une espèce de présage de tout ce qui allait arriver.

Robert, enchanté d'avoir réussi, frappa en sortant sur l'épaule de Lerond, et lui dit: Ah çà, vous serez de la députation; vous ne pouvez pas vous en dispenser, malgré le cas particulier où vous vous trouvez; c'est même une raison pour que vous y veniez. Il faut tâcher de vous mettre bien avec M. de Fierenville; et, par la suite, si vous voulez faire quelque sacrifice, je me chargerai d'arranger tout cela avec lui. Lerond lui tourna le dos sans lui répondre.

Robert s'en alla avec le curé. Le maire, fort contrarié, ne voulut se mêler de rien. Lerond s'en alla chez M. Simon pour le consulter. On se tirait à l'écart, on se parlait à l'oreille. La défiance, les inquiétudes, la tristesse avaient déjà remplacé la tranquillité, qui régnait encore la veille.

CHAPITRE III.

DÉPUTATION, ET CE QUI S'EN SUIVIT.

M. DE FIERENVILLE arriva le lendemain. Trois ou quatre vieilles escopettes le saluèrent d'une décharge à son arrivée. Les notables de l'endroit, ayant le maire à leur tête, se rendirent chez lui au moment où il descendait de voiture.

M. de Fierenville reçut avec beaucoup de dignité la députation qui se présentait. Monsieur, lui dit le maire, nous venons vous féliciter sur votre retour, et nous espérons que nous n'aurons qu'à nous louer de vous avoir parmi nous. Le maire terminait là sa harangue; mais Robert reprit : Oui, monseigneur, l'instant est arrivé où vous allez reprendre le rang qu'on a voulu trop long-temps disputer à la noblesse. Jouissez, monseigneur, de la plénitude de vos droits, et daignez recevoir avec cette bonté qui vous caractérise, nos humbles hommages.—Bien, mon ami, fort bien, dit M. de Fierenville ; je vois que vous n'avez point oublié vos devoirs. Faites retirer ces paysans, et que nous causions un peu ensemble.

Tout le monde s'en alla, à l'exception du maire et de son adjoint : Çà, mes amis, êtes-vous bien pénétrés de l'importance de vos fonctions et de toutes les obligations qu'elles vous imposent? — Monsieur, dit le maire, on ne m'a rien reproché jusqu'à ce jour. — Tout cela est fort bon, mon ami ; mais les circonstances actuelles sortent de la ligne ordinaire. Il ne s'agit plus de ne pas mériter de reproches, il s'agit au contraire de savoir les braver pour remplir son devoir. — Je ne comprends pas bien, dit le maire, ce que vous entendez par-là. — Moi, je comprends fort bien, dit Robert. — Eh bien, vous, maire, qui ne saisissez pas ce que je veux dire, comment envisagez-vous vos devoirs et en quoi vous figurez-vous qu'ils consistent?—Ils consistent à représenter mes administrés, à veiller sur leur tranquillité, à défendre leurs intérêts..... M. de Fierenville leva les épaules, et Robert sourit dédaigneusement. — Je vois, mon ami, que vous ne connaissez pas bien les devoirs de votre place. Écoutez-moi : Un complot horrible a renversé le souverain légitime. Ce complot est retombé sur ses auteurs ; mais les malveillans sont vaincus sans être anéantis. Le complot dont je vous parle avait des ramifications dans toute la

France. Voilà ce qu'il s'agit de découvrir; l'u-
surpateur avait des partisans, ce sont eux qu'il
faut connaître; le Roi enfin a des ennemis, il
faut les surveiller, les effrayer, les mettre dans
l'impuissance de nuire. — Monsieur, tout ceci
peut être vrai ; mais n'a aucun rapport avec
nous. Nous ne connaissons ici ni ramifications
de complot, ni partisans de l'usurpateur, ni
ennemis du Roi.—Comment ! magistrat aveu-
gle et inhabile, vous fermez les yeux sur les
dangers de l'état ! Vous ne savez donc pas que
les principes du crime ont germé partout depuis la révolution ? — Point de grands mots,
monsieur, et ne cherchons que la vérité. Le
fait est que, dans ce village, on ne s'est jamais
occupé de politique. On y est accoutumé à
obéir au gouvernement, quel qu'il soit ; nous
ne connaissons ni divisions ni parti, et nous
vous prions de ne pas nous les faire connaître.
—Doucement, mon ami, vous perdez de vue
la distance..... — Il n'y a pas de distance qui
tienne ; vous êtes M. de Fierenville, je suis
maire, je ne vous dois rien. Si je suis venu chez
vous, c'est par politesse ; et la manière dont
vous me recevez me prouve que j'ai fait une
sottise. — Insolent ! — Point d'injures, s'il
vous plaît. — Vous oubliez, dit Robert, le

respect.....— Vous oubliez vous-même, répondit le maire, que je n'ai pas d'observations à
recevoir de vous. — Ainsi donc, M. le maire,
reprit M. de Fierenville, il n'y a, suivant vous,
aucun individu dangereux dans votre commune? — Non, monsieur, il n'y en a aucun.
— Vous en êtes sûr? — Très-sûr. — Je crois
cependant que vous avez des propriétaires de
biens nationaux? — Oui, oui, c'est vrai, dit
Robert. — Il y en a un, dit le maire; mais ce
n'est pas une raison pour le considérer comme
un homme dangereux; c'est au contraire un
garçon fort paisible. Le Roi a reconnu ses
droits, et il est tranquille sur cette promesse.
—Comment, mon ami, vous vous mêlez aussi
de raisonner! Mais peut-on reconnaître pour
légitime ce qui viole tous les principes de l'hon-
nêteté? — Je ne connais que la loi. — Impertinent! — Impertinent, vous-même! — Retirez-vous, ou je vous fais jeter par la fenêtre.
— Je me retire, parce qu'on ne peut trop tôt
quitter un homme comme vous; mais je ne
crains pas vos menaces, et malheur à vous si
vous portiez la main sur moi!

Le maire avait remis son chapeau avant de
prononcer ces mots, et il se retira lentement
en regardant M. de Fierenville d'un air mépri-

sant. Insolente canaille, dit M. de Fierenville bouillant de colère, quand le maire fut
sorti, tu me le paieras ! — Oui, dit Robert,
c'est un insolent, qui vous a manqué essentiellement, monseigneur ; il mérite toute la sévérité.... — Tu me parais un bon garçon, toi.
— Monseigneur, c'est trop d'honneur... — Je
veux faire quelque chose pour toi. — Monseigneur est trop bon... — Voyons, quelle idée
te fais-tu des devoirs d'un maire ? que doit-il
faire, suivant toi ? — D'abord, surveiller très-
sévèrement... — C'est cela. — Tous les individus soupçonnés... — Fort bien. — Soupçonnés d'être suspects. — A merveille ! — Obli-
ger tout le monde à crier vive le Roi ! Faire
mettre en prison ceux qui ne crient pas haut
assez, et surtout, mener haut la main les ac-
quéreurs des domaines nationaux. — Tu es un
honnête homme. — Se faire rendre compte de
tout ce qui se dit, de tout ce qui se fait dans les
maisons. — C'est là le fin du métier. — Enfin,
punir tous ceux qui raisonnent et ne se sou-
mettent pas aveuglément, car l'autorité ne doit
jamais avoir tort. — Je vois que tu ne manques
pas de talens administratifs. Tu es plus
capable qu'on ne le jugerait à ta figure. Je veux
que tu sois maire. — Comment, monseigneur,

vous daigneriez... — Je n'ai qu'un mot à dire pour cela ; l'autre ne me convient pas. — Dans le fait, monseigneur, vous jugez bien. Je le crois bonapartiste. — Je l'aurais parié. Tu le surveilleras. — Oui, monseigneur. — Tu surveilleras aussi l'acquéreur.... — Oui, monseigneur. — Tu me rendras compte.... — Oui, monseigneur. — Surtout, de la circonspection dans les discours. Toujours mettre en avant la religion... — Oui, monseigneur, la religion, le Roi, la Charte... — Animal ! qu'est-ce que tu me chantes avec ta Charte ? — Pardon, monseigneur, pardon, il n'en sera plus question. — A la bonne heure.

Le curé entra dans ce moment. Il salua avec les démonstrations du plus humble respect M. de Fierenville, qui le reçut fort bien. Parbleu, curé, vous venez fort à propos pour éclairer ma religion. Que dites-vous du maire ? — Monseigneur, j'en dirai tout ce que vous voudrez. — N'a-t-il jamais fait de mal ? — Non, monseigneur, il n'a jamais fait que du bien. — Cependant j'ai des raisons de le croire mal pensant. — Ah ! c'est différent ! si monseigneur a des raisons... Je ne prétends pas le justifier. — Voyons, n'avez-vous jamais rien remarqué chez lui ?... — Attendez, monseigneur... Effectivement... je me souviens qu'il était désolé quand il apprit que les alliés étaient en France. — Est-il possible ? — Oui ; il déplorait les malheurs de son pays. — C'est vrai, dit Robert, je l'ai entendu.—Juste ciel ! et cet homme corrompu remplit encore les fonctions de maire ! Il est clair, d'après ce que vous me dites là, que c'est un bonapartiste, n'est-il pas vrai?—Monseigneur, il ne m'appartient pas de vous contredire. — Oui, dit Robert, oui, le fait est avéré, c'est un bonapartiste. — Allons, mes amis, voilà qui est arrangé ; il faut débarrasser la commune de ce mauvais sujet ! — Mauvais sujet, c'est bien le mot ! — Nous dirons que les habitans ne veulent plus de lui, qu'ils demandent son changement.—Ah ! par exemple, monseigneur, vous aurez de la peine à faire croire cela. Tout le monde sait qu'il est très-aimé. — Oui-da, il ne manquait que cela ; c'est un homme qui se fait des créatures, qui cherche à se mettre à la tête d'un parti; le danger est imminent ; il faut le prévenir. — Ah ! monseigneur, vous voyez les choses de loin. — Mon ami, l'habitude des affaires d'état...... — Et le génie, monseigneur, le génie, voilà ce qui vous rend si prévoyant.—Ah çà, toi, Robert, tu es aimé des paysans ? — Moi, monseigneur, pas absolument. Vous savez que ces

gens-là ont des préjugés...... — C'est égal ; tu
me conviens. — C'est tout ce qu'il faut , monseigneur ; je borne là mes désirs. — Si je suis
content de toi , je pourrai faire quelque chose
de plus pour toi. — Toutes les volontés de
monseigneur seront des lois pour moi. — C'est
bien ; je vais écrire en conséquence. Va-t'en ;
tu viendras prendre mes ordres demain. Robert
se retira en faisant une douzaine de révérences.
M. de Fierenville et le curé restèrent seuls ensemble.

Curé, qu'est-ce que c'est qu'un nommé Lerond, qui est dans notre paroisse ? — Monseigneur, c'est un assez brave garçon.—Comment!
brave garçon ? Est-ce que vous ignorez qu'il
retient sciemment les biens ..? — Ah ! monseigneur , sous ce rapport il est inexcusable ! —
Allez-vous chez lui ? — Quelquefois. — Comment ! vous donnez un pareil scandale à vos
paroissiens ? voir un homme qui recèle le fruit
d'un larcin ! Car , qu'est-ce autre chose que sa
prétendue propriété ? Ignorez - vous que ces
gens-là sont les ennemis du gouvernement?
qu'ils ne désirent que le renversement de la
dynastie légitime ? — Je ne crois pas que Lerond...— Vous ne croyez pas! et quand je vous
le dis, moi!—Ah! pardon, monseigneur, je puis

avoir tort. — Je vous dis que Lerond est un mauvais sujet. — Je le crois aussi. — C'est à vous de prémunir votre troupeau contre les principes dangereux qu'il professe, contre les mauvais conseils qu'il pourrait donner ; c'est votre devoir. — Si c'est mon devoir, je le remplirai. — Et pour empêcher qu'il ne prenne de l'ascendant sur l'esprit de vos paroissiens, il faut le leur présenter sous le jour qui lui convient, comme un homme sans foi, sans délicatesse, qui retient le bien des autres. — Soyez tranquille, monseigneur, vos volontés seront remplies.

Les choses étant ainsi réglées, M. de Fierenville passa une partie de la journée avec le curé, puis il écrivit ses dépêches, et se coucha le soir, enchanté d'avoir pu, dès le premier jour de son arrivée, déployer son autorité, et afficher la sévérité de ses principes.

CHAPITRE IV.

TENTATIVE DE ROBERT.

Robert, en sortant de chez M. de Fierenville, ne se possédait pas de joie. Pour le coup, disait-il, me voilà sur le point de parvenir, et j'espère bien, qu'en dépit de Lerond, Catherine m'appartiendra. Une idée lumineuse le frappa tout à coup. Il pensa que, s'il pouvait, soit par la persuasion, soit par les menaces, déterminer Lerond à restituer les biens à M. de Fierenville, la reconnaissance de celui-ci n'aurait plus de bornes. Il entra chez Lerond; il le trouva qui causait avec M. Simon. Eh bien, Lerond, lui dit-il, que vous semble de M. de Fierenville? Quelle bonté! quelle affabilité! — Effectivement, il a commencé par nous mettre à la porte sans nous dire un mot. — Quel air de majesté il a! — Ah! parlons de cela! c'est bien la figure la plus hétéroclite... — Comment! Lerond, vous parlez ainsi d'un seigneur? — Eh! pourquoi pas, Robert? Sa qualité de seigneur l'empêche-t-elle d'avoir l'air d'une caricature? — Au lieu de vous moquer de lui, vous devriez bien plutôt songer à réparer les torts que vous avez envers lui. — Voilà du nouveau; des torts envers un homme que je n'ai jamais vu!—Vous savez bien ce que je veux dire. — Non, ma foi ! — Les biens de M. de Fierenville qui sont entre vos mains... — Mon père les a payés, et ils sont bien à moi. — Mais a-t-on eu le droit de les lui vendre? — C'est ce qui ne me regarde pas. Il me suffit que les lois reconnaissent ma propriété.—Mais si ces lois sont injustes, la conscience...—Oh! la conscience, monsieur Robert! ce ne sont pas ceux qui en parlent tant qui sont les plus délicats. — Mais la religion... — Avant de la prêcher, tâchez d'en avoir un peu vous-même. — Et les mœurs... —Ce mot est bien placé dans la bouche d'un homme qui battait sa femme, et qui l'a fait mourir de chagrin. —Comment! vous n'êtes pas touché de la position de ces bons serviteurs du roi... — Laissez-les faire, ils sauront bien s'indemniser.—Vous parlez en philosophe, monsieur Lerond. —Et vous en hypocrite, monsieur Robert.—Écoutez: avec un peu de bonne volonté de votre part, il y aurait moyen d'arranger tout cela. — Moi, je n'ai rien à arranger, toutes mes affaires sont en règle. — M. de Fierenville est raisonnable. Il n'exigerait peut-être pas que vous lui rendissiez les biens sans vous indemniser.—M. de

Fierenville n'a rien à exiger ni à demander. Je ne veux point de ses indemnités, et il m'offrirait le double de la valeur des terres que je possède, qu'il ne les aurait pas, parce qu'il me convient de les garder. —Vous avez tort, monsieur Lerond. — Cela peut être, monsieur Robert.—Si vous ne vous en rapportez pas à moi, consultez quelque homme de bien, le curé, par exemple; vous verrez qu'il vous dira la même chose. — Je ne m'en rapporte qu'à moi, et je ne consulterai personne. — Vous allez vous faire du tort dans l'esprit des honnêtes gens. — Si vous entendez par les honnêtes gens, vous et ceux qui vous ressemblent, je n'ambitionne pas du tout d'être bien dans leur esprit.—Vous professez de mauvais principes, monsieur Lerond.—Tous les principes me sont bons, monsieur Robert, pourvu qu'ils n'aient rien de commun avec les vôtres. —Vous auriez peut-être plus d'égards pour moi, si vous saviez l'estime dont M. de Fierenville m'honore. — Comme il ne m'est pas difficile de penser, que vous vous êtes concilié cette estime par des moyens qui vous eussent attiré le mépris de tout autre; vous trouverez bon, monsieur Robert, que l'estime de M. de Fierenville ne change rien à mes sentimens pour vous. — Vous verrez par ce qui va arriver, si l'estime d'un homme comme lui est à dédaigner. — Quoi qu'il arrive, rien ne me surprendra de sa part ni de la vôtre. — J'ai voulu tenter près de vous les voies de la persuasion ; craignez que l'autorité n'en prenne d'autres. — Oh diable ! voilà, monsieur Robert, que vous parlez de l'autorité ; c'est imposant cela ! — Vous croyez plaisanter ; avant peu peut-être j'aurai ce droit. — C'est vouloir rendre l'autorité bien respectable que de la mettre entre vos mains. —Respectable ou non ; je saurai la faire craindre ; j'ai fait auprès de vous une démarche d'ami : vous vous repentirez de m'avoir reçu ainsi. — Et je vous recevrai encore beaucoup plus mal, si vous vous avisez de reparaître chez moi. —Je m'en garderai bien ; vous êtes un homme dangereux, que tout le monde doit fuir. — Vous, surtout. — Un homme qu'on ne peut pas voir sans se compromettre. — Vous compremettriez vos épaules. — Un homme qui ne respecte rien, qui n'a ni religion ni délicatesse. — Ni patience, prenez-y garde. — Ah ! je ne vous crains pas, dit Robert, en gagnant lestement la porte. Quand il l'eut ouverte, pour assurer sa retraite, il s'arrêta sur le seuil, et se mit à crier de toutes ses forces. Soyez tranquille, je ne reviendrai plus chez vous. Je me

garderai bien de mettre le pied dans une maison où on affiche le mépris de la religion,
la haine de la légitimité et l'attachement aux
doctrines révolutionnaires. Tout le monde doit
vous fuir comme la peste ; vous êtes un bonapartiste.

Robert s'en alla enfin, lorsque Lerond vint
lui fermer la porte au nez. Le pauvre Lerond
était stupéfait de l'impudence de ce drôle, et
lui et M. Simon commençaient à penser qu'un
tel homme pouvait être à craindre dans des
temps comme ceux où on se trouvait.

CHAPITRE V.

INSTRUCTIONS, MOYENS DE PARVENIR.

Robert se rendit le lendemain matin chez M. de Fierenville. Monseigneur, me voici à vos ordres. — C'est bien ; n'y a-t-il rien de nouveau ? — Non, monseigneur. — Que dit-on de moi ? — Les paysans sont enchantés de vos manières affables et majestueuses. — Ce sont donc de bonnes gens que ces paysans ? — Pas trop ; mais ils sont bien obligés de rendre justice... — Dis-moi, as-tu vu Lerond ? — Oui. Mon zèle pour vos intérêts m'a entraîné à faire près de lui une démarche qui a failli me coûter cher. — Comment donc ? — J'ai essayé de lui faire sentir qu'il blessait toutes les lois de la justice en retenant les biens... — Vraiment, mon cher Robert, cela est venu de toi ? je t'en sais gré. — J'aurais voulu mieux réussir ; mais cet homme n'a voulu rien entendre ; il s'est emporté. — Ah ! ah ! — Il aurait même été jusqu'à me maltraiter. — Coquin qu'il est, il aura affaire à moi. Va, Robert, ne te chagrine pas. — Ah ! monseigneur, il y a long-temps que cet homme-là m'en veut. — C'est donc un mauvais sujet ? — Je vous

en réponds.—Cela ne pouvait pas être autrement. — Il m'empêche de faire un bien bon
mariage ; il va épouser une fille qui me conve-
nait beaucoup, et dont je suis amoureux. —
Comment, diable ! avec ta figure, tu vas t'a-
viser d'être amoureux ? — Oh ! la figure n'empêche pas ; je parierais que vous l'avez été vous-
même. — C'est vrai ; dans mon temps, j'étais
un gaillard... — On voit cela. — Ainsi, mon
pauvre Robert, on te préfère Lerond ? — Hélas !
oui, parce qu'il est riche, et un peu plus jeune
que moi. — Il faut que je me mêle de cette affaire : quand tu seras maire, peut-être voudra-
t-on de toi. — Oh ! non ; l'emploi de maire ne
rapporte rien. Si j'obtenais un emploi lucratif,
à la bonne heure. — Eh bien ! cela est faisable.
Quelle place désirerais-tu ? — Je ne porte pas
mes vues bien haut. Si j'avais seulement un bon
bureau de tabac. — En connais-tu quelqu'un
dans les environs ? — Oui ; mais ils sont occupés. — Qu'est-ce que cela fait ? Y a-t-il long-
temps qu'ils le sont ? — Oui. — En ce cas, il ne
s'agit que de savoir lequel tu veux. — Comment
donc ferons-nous ? — Tu demanderas à remplacer le titulaire.—Mais il n'y a rien à lui repro-
cher. — A-t-il donné sa démission au mois de
mars ? — Non. — Est-ce que ce n'est pas un crime

d'avoir vendu du tabac sous l'usurpateur? Est-ce que cet homme corrompu n'aurait pas dû quitter son emploi? Quel effet cela eût produit, si tous les entreposeurs de tabac eussent donné leur démission au moment où l'usurpateur arriva! Comme cela l'aurait déconcerté! Mais ces gens-là ont cru qu'il était permis de vaquer à leur commerce et à leur emploi sous un gouvernement illégitime. Ils ont cru qu'il valait mieux vivre tranquillement, que de se faire mettre en prison et mourir de faim. Il faut qu'ils soient punis. Tu n'as qu'à faire valoir cela, et je réponds de ton affaire. — Mais celui que je voudrais remplacer n'a pas fait voir extérieurement qu'il fût partisan de l'usurpateur. — Qu'est-ce que cela fait? Est-ce qu'on ne descend pas dans les consciences? est-ce qu'on ne lit pas dans les cœurs? L'essentiel est qu'il ait conservé son emploi pendant l'interrègne. On infère de là, qu'il était dévoué à l'usurpateur; et il y a mille moyens de le prouver. Tu diras ensuite que tu n'as pas voulu d'emploi, que tu t'es renfermé chez toi, et que tu faisais des vœux pour la bonne cause. — Monseigneur, je vous remercie de vos instructions; je les mettrai à profit. — Ah ça, Robert, tu vas être nommé maire; je veux que tu sois installé solennellement; il ne faut pas que tu restes là comme un imbécile ; il s'agit de faire un discours, et de le faire bon. As-tu quelque idée sur ce que tu dois dire ?— J'aurais encore besoin pour cela de vos conseils. —Tu commenceras, suivant l'usage, par dire que tu regardes ton emploi comme au-dessus de tes forces, mais que tu tâcheras de répondre à la confiance de tes concitoyens. —Mais vous savez bien que ce n'est pas leur confiance... — C'est égal, tout le monde ne sait pas cela, et tu ne dois pas paraître le savoir toi-même. Tu entameras un pompeux éloge du temps passé ; tu diras que ce n'était qu'autrefois qu'on avait de bonnes lois, de bonnes institutions, de bonnes mœurs : cela est essentiel aujourd'hui pour faire de l'effet. Il y a peut-être bien quelques esprits de travers qui te répondront que nos pères ne valaient pas mieux que nous ; mais comme ce n'est pas pour ces gens-là que tu feras ton discours, tu ne te soucieras pas de leurs critiques. Ensuite tu parleras du temps présent avec le plus souverain mépris. Tu diras qu'il n'y a plus d'honneur, de bonne foi, de délicatesse, ni de religion ; que tous les hommes sont des vauriens, et tu ne t'embarrasseras pas si on t'objecte que tu en es la première preuve. En suivant bien la ligne que je t'indique, ton discours fût-il platement écrit, comme je m'y attends, tu trouveras un tas de gens qui te prôneront. Je t'assure que cette manière de vanter le temps passé et de déprécier le temps présent, est une excellente recommandation auprès d'une certaine classe de personnes. Il y a beaucoup d'imbéciles qui se sont donnés du relief par ce moyen, et qui ont même fini par passer pour des gens de mérite dans l'esprit de quelques imbéciles comme eux. Ainsi, mon cher Robert, fais ton profit de ce que je te dis là.

Ensuite tu t'étendras longuement sur les mœurs, sur la nécessité de les épurer ; tu indiqueras divers moyens d'y réussir : bons ou mauvais, c'est égal. Tu pourras, par exemple, parler de l'éducation ; tu diras qu'on en donne trop aux jeunes gens ; que c'est cela qui les pervertit et qui les empêche d'être dévots ; qu'on ne les rendra bons qu'en les rendant ignorans et superstitieux. Tu ne chercheras pas d'exemple de cela dans l'histoire, car tu n'y en trouverais que de contraires à cette doctrine.

Tu demanderas qu'on transforme les colléges en couvens ; car il nous faut des couvens : nous en voulons à toute force. La France a encore trop de richesses, trop de lumières, trop d'activité. Il faut enfouir une partie des trésors qui lui restent dans ces établissemens consacrés à la fainéantise et à l'ignorance.

Tu parleras aussi des divertissemens qu'on laisse prendre aux jeunes gens dans les colléges, entre autres celui du spectacle. Tu feras sentir combien il est contraire aux mœurs et à la religion, qu'ils passent la soirée à entendre les chefs-d'œuvre de nos grands auteurs, à recueillir avidement une foule de beautés du premier ordre, qui élèvent leurs sentimens en ornant leur mémoire, à applaudir au talent des acteurs qui les familiarise déjà avec l'art de donner aux paroles l'expression qui leur est propre, art dont beaucoup d'entre eux auront sans doute un jour besoin dans la société. S'ils passaient la soirée à battre le pavé, à jouer, à boire ou à faire pis, il n'y aurait pas de mal à cela ; on ne dirait rien.

Tu n'oublieras pas de signaler les mauvaises lectures qu'on leur permet, surtout les OEuvres de Voltaire. Tu te déchaîneras contre cet empoisonneur public, dont les ouvrages font les délices de tout homme raisonnable, contre cet enragé qui a contribué plus que personne à établir la tolérance. Tu tâcheras de faire renaître ces beaux temps où l'auteur de tant de chefs-d'œuvre était persécuté et obligé de se cacher, où un homme non moins célèbre que lui partageait cette disgrâce, où le génie n'osait se montrer impunément, où l'Émile était brûlé par la main du bourreau. Tu reproduiras toutes les plates déclamations dont Voltaire a été l'objet ; toutes les injures, les calomnies qu'on trouve dans les rapsodies de ces barbouilleurs de papiers, dont il a daigné transmettre les noms au mépris de la postérité. Tu dois t'attendre qu'une huée universelle s'élèvera contre toi ; que le concert de louanges dont l'Europe entière salue ces immortels écrivains, étouffera tes obscures vociférations ; mais il faut t'armer de cette effronterie que rien ne déconcerte, quand tu serais sûr de ne recueillir, pour prix de ta ridicule tentative, que le mépris des étrangers et la pitié des hommes instruits ; tu auras prouvé que la crasse des préjugés résiste à tous les efforts de la raison ; que la superstition ferme obstinément les yeux aux clartés du génie ; qu'enfin les cuistres et les tartufes sont incorrigibles : et ces vérités sont toujours consolantes pour le petit nombre de personnes auxquelles tu dois t'attacher à plaire.

Tu tonneras contre la philosophie ; tu diras que c'est elle qui a causé tous nos maux ; que

c'est elle qui a fait sentir à la canaille qu'elle
avait tort de se laisser piller, bafouer et rosser;
puisqu'elle était la plus forte et la plus nombreuse. Je te recommande de bien faire sonner
ce mot de canaille, quoiqu'on puisse t'y ranger
tout des premiers, et de le ramener souvent
dans tes phrases. Ce mot donne tout de suite
au faquin qui s'en sert un air de grandeur.
Tu pourras aussi employer, pour éviter la mo-
notonie, quelques équivalens, tels que populace, lie du peuple, etc.; mais le mot canaille
est plus sonore et plus distingué. Après cela,
tu en viendras à la religion, et c'est pour ce
sujet qu'il faut conserver toutes les ressources
de ton éloquence. Tu te livreras aux déclamations d'usage contre les incrédules, les philo-
sophes et les gens corrompus. Cela est si bon
en soi, que, quand même tu le répéterais jusqu'à satiété, il y a toujours des gens à qui tu
feras un nouveau plaisir. Tu feras un tableau
épouvantable des progrès de l'irréligion dans
toutes les classes de la société. Tu te livreras à
un beau mouvement d'indignation contre cette
jeunesse turbulente qui aime mieux servir son
pays que de servir la messe. Après cela, tu
passeras aux moyens de détruire l'impiété et
l'incrédulité. Comme il y a encore beaucoup

de gens qui sont pour la persuasion , tu parleras de ce moyen avec éloge ; mais tu t'attacheras à prouver combien il est insuffisant ; tu diras que la philosophie a fourni aux incrédules tant d'argumens contre tout ce qu'on pourrait leur dire , que les voies de la douceur ne sont plus bonnes avec eux ; qu'il faut donc employer un tant soit peu l'autorité et la force pour réduire ces esprits superbes ; qu'il ne suffit pas de les dénoncer à l'opinion comme des êtres dangereux et corrompus, parce que cette opinion est elle-même si corrompue , si pervertie, qu'elle les absoudrait facilement ; qu'il faut leur infliger des punitions , des charges réelles pour les forcer à croire malgré eux. Tu pourrais citer à l'appui de cela la révocation de l'Édit de Nantes et les Dragonnades de M. de Louvois ; mais les esprits sont encore trop loin du point où nous voulons les amener. Il y a encore des gens qui désapprouvent ces admirables coups d'état ; il faut donc réserver cette citation pour un temps plus opportun.

Tu proposeras d'envoyer des missionnaires dans toutes les villes, bourgs et villages de France , quand même ils prêcheraient dans le désert, quand même cette mesure, bonne avec les peuplades de l'Amérique , produirait un effet contraire à celui qu'on en attend, le clergé aura prouvé son crédit et son autorité, et c'est là l'essentiel. Un jour peut-être on pourra nous ramener aux mystères et autres momeries qui ont décrédité cette sainte et douce religion, dont l'empire eût été inébranlable si ses ministres se fussent toujours bornés à observer et prêcher la pratique des vertus qu'elle enseigne. Cette dernière réflexion est entre nous, tu te garderas bien de la communiquer au public.

A la fin de ton discours, tu récapituleras toutes les choses brillantes que tu y auras semées : tu termineras par la nécessité d'en revenir aux anciens usages; car c'est là le point capital, c'est là le grand but qu'il faut atteindre. Tu diras que la saine partie de la nation le demande à grands cris, et tu passeras sous silence que ce que nous entendons par la saine partie se compose d'environ un centième de sa population; tu diras que nous marchons à grands pas vers cet important résultat, quoiqu'il soit bien démontré que c'est une folie d'y penser. Enfin, pour fermer la bouche aux critiques, tu diras que ceux qui ne sont pas de ton avis sont des athées, des scélérats, des jacobins ou des bonapartistes; ces deux der-

3

nières qualifications sont à ton choix; tu pourras encore parsemer ta péroraison de quelques
bonnes injures contre ceux qui ont fait partie
de l'armée, contre ces enragés qui parlent de
gloire nationale; et autres innovations dange-
reuses qu'il faut proscrire.

Je te réponds, mon cher Robert, qu'en suivant de point en point mes instructions, tu
te feras tout de suite une réputation, et tu
t'acquerras une foule de protecteurs. Il y a bien
des gens qui hausseront les épaules, et qui
diront que tu n'es qu'un cuistre; mais les dé-
votes te porteront aux nues; elles te citeront
comme un modèle de vertu, quoique ta conduite soit peut-être un peu suspecte; comme
un fidèle serviteur du Roi, quoique tu n'aies
jamais rien fait pour son service. Tu auras, en
outre, pour prôneurs tous ceux qui, écrasés par
la conscience de leur nullité et fâchés de se
voir surpassés par tout ce qui les entoure,
voudraient que l'on ramenât petit à petit les
hommes à n'être que des imbéciles pour voir
tout le monde à leur hauteur; tous ceux qui,
n'ayant rien étudié et rien compris, répètent
tout ce qui se dit depuis des siècles sur les
vertus du temps passé et les vices du temps
présent, trouvant cela plus facile que de

raisonner et de chercher des choses neuves;
tous ceux enfin qui, ayant à rougir de leur conduite et des désordres de leur vie, tâchent d'en
imposer au vulgaire en se faisant les apôtres de
la religion et des mœurs.

Ce que je te dis d'observer dans tes discours,
tu seras dispensé de l'observer dans ta conduite.
Il n'est nullement nécessaire de faire cadrer
l'un avec l'autre ; car dans ce monde les paroles servent de sauvegarde pour les actions.
Ainsi, peu importe que tu mènes une conduite
répréhensible et contraire aux principes de la
délicatesse et de l'honneur ; pourvu que tu aies
toujours dans la bouche les mots de morale et
de vertu, tu passeras pour un saint. Tu prêcheras le désintéressement, et tu te feras donner
tous les emplois qui te conviendront. Tu parleras de loyauté, de franchise, d'esprit cheva-
leresque ; et tu dénonceras tous ceux qui ne
t'auront pas témoigné assez d'égards, ou dont tu
convoiteras la place pour toi, ou pour quelqu'une de tes créatures. Tu prêcheras l'oubli du
passé, l'extinction des partis, et tu feras tout
ce qu'il faut pour rallumer les animosités, en
insultant tous ceux qui ne pensent pas comme
toi, en diffamant tout ce qu'ils ont fait de bon,
et en calomniant leurs intentions.

Comme, à la longue, on pourrait finir par s'a-
percevoir de ton charlatanisme, et découvrir que
tu n'es qu'un hypocrite, il faut te précautionner
d'avance et avoir l'air de te faire le champion de
ce qu'il y a de plus sacré et de plus respectable. Il faut choisir un refrein, que tu rameneras toujours et que tu adapteras même aux
sujets qui en paraissent le plus éloignés. Tu
prendras quelques mots imposans, tels que
l'autel et le trône. Dans quelque discussion que
ce soit, politique ou littéraire, tu rameneras
tes mots favoris, l'autel et le trône. Quand tu
ne sauras plus que dire, au lieu de rester court,
tu en reviendras au refrein, l'autel et le trône ;
et tu auras cet avantage, que, quand même
tu serais ridicule, le respect qu'inspirent ces
deux mots empêchera qu'on ne te rie au nez.
Si cependant on ne pouvait se contenir, et
qu'on se moquât de toi ouvertement, tu aurais encore la ressource de paraître croire que
les railleries ne s'adressent pas à toi, mais à
l'autel et au trône, et tu ferais trembler les
persiffleurs, en les accusant d'être des ennemis
de la religion et de la royauté.

M. de Fierenville vit avec plaisir que Robert
l'écoutait avec beaucoup d'attention, et paraissait faire son profit de tout ce qu'il lui disait.

Robert le remercia avec tous les témoignages
de la plus vive reconnaissance, et le quitta en
disant qu'il allait travailler à son discours d'installation, et qu'il n'oublierait pas les instructions qu'il venait de recevoir.

CHAPITRE VI.

CÉRÉMONIE D'INSTALLATION.

Robert se mit à travailler sans relâche. A mesure que son travail avançait, il le communiquait à M. de Fierenville, qui en était enchanté. Il fit bien de s'y être pris d'avance; car, cinq à six jours après, la destitution du maire arriva ainsi que la nomination de Robert à sa place. Cette nouvelle, quoiqu'on s'y attendît depuis l'arrivée de M. de Fierenville, causa dans le village une tristesse générale. Personne n'avait eu à se plaindre de l'ancien maire, et on l'appréciait encore mieux depuis qu'on se voyait menacé d'avoir Robert, qui n'était aimé ni estimé de personne. Sa morgue naturelle s'était encore accrue depuis quelques jours, et il avait déjà pris des airs d'autorité avant qu'il eût la certitude d'être maire.

L'arrivée de la lettre qui venait de confirmer ses prétentions, le mit hors de lui et lui fit presque tourner la tête. Son discours était fini; il l'avait lu en entier à M. de Fierenville, qui y avait fait quelques corrections, et qui l'avait fortement blâmé d'y avoir omis une chose essentielle. Je ne croyais pas, dit-il, qu'il fût nécessaire de tout te dire, et j'espérais que cela viendrait de toi. Comment n'as-tu pas senti qu'il était indispensable de m'adresser dans ton discours quelque chose de flatteur, à moi qui présiderai à ton installation, et qui suis la véritable cause de ton élévation? Tu vas travailler à réparer cet oubli; tu me représenteras comme un chevalier sans peur et sans reproches, qui vient se reposer de ses glorieuses campagnes. Tu pourras, à propos de cela, me comparer à Bayard ou à Duguesclin; tu diras que je suis disposé à avoir quelques bontés pour les paysans, pourvu qu'ils ne s'écartent pas du respect et de la soumission qu'ils me doivent; que je leur rendrai justice en toute occasion: et tu me compareras à Saint-Louis rendant la justice au pied d'un chêne. Enfin tu diras que ma présence sera pour le village une source de bienfaits et de prospérité; par le bon ordre que j'y maintiendrai, et par la surveillance que j'apporterai sur l'administration; et tu me compareras à Sulli ou à Colbert. Robert ne répliqua pas, et il fit à son discours les additions qu'on lui prescrivait. Quand son travail fut fini, et que M. de Fierenville eut souri complaisamment en entendant Robert lui lire son éloge, qu'il

avait dicté lui-même, il fut question de fixer
le jour de la cérémonie d'installation. Le local
de la mairie fut convenablement préparé, et
les principaux habitans de l'endroit furent con-
voqués. Robert s'habilla avec un soin tout particulier; il se décora d'un ruban blanc, le plus
large qu'il put trouver; puis, à la tête des habitans, il alla prendre chez lui M. de Fierenville, qui se rendit processionnellement avec
eux à la mairie. Un fauteuil y était disposé pour
lui. Tous les autres prirent place sur des bancs;
lorsque tout le monde fut assis, et qu'on eut
fait silence, M. de Fierenville se leva et annonça que l'assemblée avait pour objet l'installation de M. Robert comme maire de la commune, et qu'on allait donner lecture des lettres
qui annonçaient sa nomination. M. de Fierenville se disposait effectivement à faire cette lecture; mais l'annonce avait suffi : personne ne
voulait en entendre davantage. Tous les paysans
se levèrent spontanément, et, sans dire un mot,
ils remirent leur chapeau et gagnèrent la porte.
Robert déconcerté regardait M. de Fierenville,
qui était aussi étonné que lui. Pendant ce temps
la salle s'évacuait. Attendez donc, mes amis,
leur dit Robert, la cérémonie n'est point finie.
Que diable ! vous vous en allez comme si on

vous chassait; j'ai encore mon discours à prononcer, un discours soigné, analogue aux circonstances, et qui vous enchantera : restez encore seulement... deux heures... Personne ne
l'écoutait, on s'en allait toujours, et bientôt
il ne resta plus dans la salle que M. de Fierenville et son protégé.

Ils étaient aussi mortifiés l'un que l'autre.
Avez-vous vu de la canaille comme cela, dit
Robert, qui ne veut pas rester jusqu'à la fin
de la cérémonie?— Qui n'attend pas seulement
que je lui lise les lettres?.. —Qui ne veut pas
entendre mon discours?—Qui ne pense pas à
me reconduire chez moi ?—Et on aurait de l'in-
dulgence pour des gens comme cela ! —Il faut
les traiter comme ils le méritent. — Ah, coquins ! C'est donc ainsi que vous voulez capti-
ver la bienveillance de votre nouveau maire
et de votre seigneur ! — C'est un tour qu'on te
joue; Robert, tu m'as dit que tu avais eu une
dispute avec Lerond; c'est lui qui se venge. —
Vous m'ouvrez les yeux : c'est lui qui a tramé
le complot. Jugez, d'après cela, si c'est un
homme dangereux. — C'est une peste dont il
faut se défaire. — Il nous le paiera ; n'est-ce pas,
monseigneur? — Écoute, Robert, quand nous
resterons ici plus long-temps, cela n'avancera

à rien : ils ne reviendront pas ; allons-nous-en ; tu fermeras la porte. — Faut-il s'être donné tant de peine pour composer un discours ? — Ah ! c'est fâcheux. — Un discours qui devait me faire une réputation ! — Il pourra te servir pour une autre occasion. — Ah, coquins ! c'est donc en pure perte que j'aurai sué comme un malheureux, pour vous prouver que je suis un homme d'esprit ; vous ne daignez pas seulement m'écouter. — Allons, Robert, console-toi, et allons-nous-en.

Le seigneur et son protégé sortirent ; ils traversèrent lestement le village, levant à peine les yeux. Ils crurent remarquer que les paysans se mettaient sur leur porte et les regardaient passer avec un ris moqueur, ce qui redoubla leur dépit et le désir qu'ils avaient de se venger.

CHAPITRE VII.

SERMON DU CURÉ.

Le dimanche suivant, Lerond fut à l'église ; M. Robert était triomphant sur son banc ; M. de Fierenville occupait la place d'honneur et attirait tous les regards. Lerond remarqua qu'ils le fixèrent tous deux au moment où il entra, et se lancèrent ensuite un coup d'œil d'intelligence. L'office commença, et le curé monta en chaire. Il prêcha ce jour-là sur l'endurcissement des pécheurs qui vivent dans le désordre se croyant à l'abri de tout reproche. Oui, disait-il, il en est qui, rassurés par des lois qui consacrent leur impunité, croient qu'ils seront absous au tribunal du Très-Haut, comme ils le sont au tribunal des hommes! Mais ceux-là pensent-ils que ce qui est injuste cesse de l'être parce que les hommes ne le punissent pas comme tel ? n'entendent-ils pas une voix secrète qui leur crie : Rends les biens qui ne t'appartiennent pas, les biens que tu possèdes au mépris de ce qu'il y a de plus sacré sur la terre. Ne te prévaux pas d'une loi sacrilége qui t'autorise à les garder ; consulte ta conscience, et restitue le fruit du larcin, dont tu n'es que le recéleur, au possesseur injustement dépouillé ! Entendez-la, mes frères, cette voix salutaire, et ne méprisez pas les conseils qu'elle vous donne. Que dis-je ? il en est peu heureusement parmi vous à qui ce reproche puisse s'adresser ; mais n'en fût-il qu'un seul...

En prononçant ces mots, le curé jeta les yeux sur Lerond. M. de Fierenville et Robert tournèrent la tête brusquement de son côté et le regardèrent avec affectation ; tout l'auditoire entraîné par ce mouvement en fit autant, et le pauvre Lerond, d'abord un peu déconcerté, ne perdit cependant pas la tête, et, sans baisser les yeux, il garda une contenance calme et assurée.

Le sermon continua, la messe s'acheva. Tout le monde sortit. Personne n'osa regarder Lerond ni lui parler. Ah ! monsieur le curé, disait-il, en s'en allant, c'est un tour que vous m'avez préparé. Vous ne me traitiez pas comme cela, quand vous veniez manger ma soupe et boire mon vin, que vous trouviez si bon !

Lerond rentra chez lui, bien déterminé à prendre toutes ses tribulations en patience.

CHAPITRE VIII.

ARRIVÉE DU FILS DE THOMAS.

Le père Thomas avait un fils officier dans un régiment d'infanterie ; son régiment ayant été licencié, il revint chez lui justement dans ce moment. Grande joie dans la famille de revoir un fils qui avait dix ans de service, et qui, par sa bravoure, était devenu capitaine et légionnaire. Le père Thomas avait réuni tous ses amis dans un grand dîner ; Robert espérait bien que comme maire il serait invité ; mais, pas du tout, le père Thomas ne voulait pas le voir chez lui. L'ancien maire fut invité ainsi que Lerond et M. Simon. Robert, furieux, aurait bien voulu troubler la fête ; mais il ne savait comment s'y prendre. Il va chez M. de Fierenville : Monseigneur, il y a chez Thomas un rassemblement séditieux. — Ah diable ! de qui se compose-t-il ? — D'abord de Thomas fils, officier en demi-solde. — Ah ! s'il y a un officier, plus de doute ! — De l'ancien maire. — Mécontent. — de Lerond. — Autre mécontent. — De M. Simon. — Philosophe ; il ne vaut pas mieux que les deux autres. Que disent-ils ? — Je n'en sais rien.

— Que font-ils ? — Ils dînent ; mais ce n'est qu'un prétexte, il y a quelque complot. — Il faut s'en éclaircir, vas-y. — Sans force armée ? — Pourquoi pas ? — Et le fils de Thomas avec ses moustaches et sa grande canne. — Ah ! gredin ! tu as peur. — Ce n'est pas que j'aye peur, mais on n'aime pas à se compromettre. — Est-ce que tu n'as pas ton caractère de magistrat ? — Si j'avais seulement deux gendarmes ! — Écoute, fais mieux ; vas-y amicalement, comme pour faire une visite au père Thomas ; tu pourras peut-être entendre quelque chose. — Monseigneur a raison. — Ne voulais-tu pas lui demander encore sa fille ? voilà le moment. — Quoi ! devant tout le monde ! — Qu'est-ce que cela fait ? tu diras que je désire que ce mariage se fasse, et que je désapprouverais fort le père Thomas s'il donnait sa fille à Lerond. En te présentant de ma part, j'espère bien qu'on ne trouvera pas ta visite déplacée. — J'y vais, monseigneur.

Robert arriva chez Thomas au moment où on était au dessert. Quoiqu'un peu embarrassé, il se présenta avec effronterie et salua d'un air dégagé. Tout le monde se regarda en silence, et le père Thomas dit : Que veut cet homme ?

— Eh ! bonjour, père Thomas, je viens pour

voir ce cher fils... — N'est-ce que cela qui vous
amène ?—Eh ! sans doute... entre amis... Et puis
vous savez qu'il y a entre nous une autre petite
affaire en train. — Expliquez-vous. — Ah ! ce
père Thomas qui a l'air de ne pas savoir ce que
je veux lui dire ; on le reconnaît bien là, toujours gai ! toujours farceur ! —Encore un coup,
qu'est-ce qui vous amène? — D'abord, le plaisir
de vous voir, comme je vous ai dit, et puis
M. de Fierenville m'a chargé auprès de vous...
— Nous n'avons rien de commun avec M. de
Fierenville. — Pardonnez-moi, père Thomas,
il s'intéresse beaucoup à votre famille. — C'est
trop d'honneur qu'il nous fait, je l'en dispense.
— Il a surtout un faible pour mademoiselle
Catherine, cette chère enfant ; il désire de la
voir heureuse, et, comme il a confiance en moi,
qu'il a été à même d'apprécier... mon mérite,
il espère que vous ne refuserez pas votre consentement... Catherine fit un éclat de rire.
Comment ! dit le père Thomas, vous venez
encore me rebattre les oreilles de toutes ces fa-
daises ! est-ce que ma fille et moi nous ne nous
sommes pas suffisamment expliqués ? — Oui ;
mais depuis ce temps, père Thomas, les circonstances ont changé. — C'est justement pour
cela que je vous méprise beaucoup plus main-

tenant que je ne le faisais alors. — Voilà encore le père Thomas qui plaisante. — Non, mon père ne plaisante pas, dit Thomas fils, et, puisque voilà ta mission remplie, laisse-nous tranquilles et va-t-en. — Comment! dit Robert, d'une voix altérée, c'est ainsi que vous recevez celui qui vient de la part de votre seigneur! — Nous ne connaissons pas de seigneur. — Ah! vous ne connaissez pas de seigneur! on vous le fera connaître. C'est donc ainsi que vous affichez le mépris de la noblesse, de la religion et de la légitimité! vous vous réunissez ici une douzaine de mécontens pour tramer des complots, et vous croyez que l'autorité le souffrira! Déjà vous levez l'étendard de la révolte; vous insultez un maire, qui vient de la part de son seigneur. Ah! vous croyez qu'on est la dupe de vos dîners, qui ne sont que des prétextes pour former des réunions séditieuses. Il n'y a pas de danger que vous ayez invité quelque homme bien pensant, tel que moi ou le curé. Ah! jacobins maudits, vous vous repentirez... Robert n'eut pas le temps d'en dire davantage. Thomas fils s'étant levé de table, pour le jeter dehors, il ne l'attendit pas et se sauva à toutes jambes.

On se remit à table, et chacun, quoique méprisant Robert, n'était pas sans inquiétude sur ses menaces. M. Simon, surtout, pensait que cet homme était capable de tout pour se venger. Thomas fils parlait de l'éreinter la première fois qu'il le rencontrerait. Gardez-vous-en bien, lui dit M. Simon, soyez plus circonspect que jamais; soyez sûr qu'on veille sur vous, et évitez de donner prise en la moindre chose aux projets de vos ennemis.

Robert courut chez M. de Fierenville et lui dit qu'effectivement il y avait un rassemblement chez Thomas; il lui exagéra la manière menaçante dont on avait dit qu'on ne reconnaissait pas de seigneur. M. de Fierenville conclut qu'il fallait absolument punir ces gens-là d'une manière exemplaire, et il renvoya Robert pour les épier et tâcher de les trouver en défaut.

CHAPITRE IX.

RENCONTRE FACHEUSE.

M. DE FIERENVILE sortit pour se promener. Il réfléchissait comment il pourrait débarrasser ses vassaux d'un mauvais sujet comme le fils de Thomas. Il était clair qu'un homme qui venait de se battre pour empêcher son pays d'être la proie des ennemis, ne pouvait être qu'un scélérat capable de tout; qu'un homme qui rentrait paisiblement dans ses foyers, en se conformant sans murmure aux ordres du Roi, ne pouvait être qu'un rebelle et un conspirateur; qu'enfin un homme qui avait bravé le danger, qui s'était élevé par sa valeur de l'état de soldat au grade de capitaine, ne serait point obéissant envers son seigneur, et ne supporterait pas patiemment les airs de hauteur et de supériorité. Il était donc dangereux de le laisser dans un endroit où il pourrait corrompre l'esprit public; il fallait s'en débarrasser au plutôt; il fallait le vexer, le persécuter; c'était rendre un grand service au Roi et à la cause.

M. de Fierenville se promenait dans le village en faisant ces judicieuses réflexions. Il avait

beaucoup plu, et il suivait un sentier très-étroit,
où on ne pouvait marcher qu'un de front. Des
deux côtés, il y avait de la boue à s'en mettre
jusqu'aux genoux. Il vit venir vers lui Lerond
et un individu en capote bleue, avec des moustaches et un ruban rouge à la boutonnière. Il se
douta bien que c'était Thomas fils, et son sang
bouillonna dans ses veines. Il croisa les bras et
marcha droit devant lui, jusqu'à ce qu'il se
trouva nez à nez avec Lerond, qui marchait
le premier : Allons, range-toi; fais-moi place.
— Rangeons-nous tous deux, dit Lerond, et
nous passerons sans nous mettre dans la boue.
— Comment, faquin ! tu crois que je vais me
déranger pour toi ! — Et vous croyez, vous, que
je vais me jeter dans la boue pour vous faire
plaisir ! — Allons, point de raison, et range-toi
de côté. — Non, de par tous les diables, je me
rangerai quand vous vous rangerez vous-même.
— Place, insolent, dit M. de Fierenville en
levant la main. — Pas de gestes, dit Lerond, je
ne les aime pas et je ne les souffre pas. — Ah
çà ! dit Thomas fils, qu'est-ce donc que ce vieil
original-là ? J'ai cru qu'il plaisantait. — Moi,
plaisanter avec des gens de votre espèce ! —
Qu'est-ce que vous entendez par des gens de
mon espèce ? Apprenez, malhonnête que vous

êtes, que les gens de mon espèce valent bien ceux de la vôtre. — Apprenez, vous-même, jeune audacieux, que vous n'êtes pas mon égal. — Je porte à mon côté ce qui me rend l'égal de tout homme d'honneur qui m'insulte ou qui se croit insulté par moi. Quant à ceux qui ne se soucient pas de cette égalité-là, j'ai ma canne qui m'en fait raison. — Ah! vous êtes deux contre moi, c'est un guet-apens. — Vous vous moquez de nous! pas tant de contes et laissez-nous passer; allons, leste.

M. de Fierenville, subjugué par le ton impératif de Thomas, obéit sans mot dire, et s'effaça de manière à laisser une partie du chemin libre, pour qu'un homme pût passer en s'effaçant comme lui. Lerond, qui marchait le premier, se mit en devoir de passer. Le chemin était si étroit, que son individu touchait celui de M. de Fierenville presque par tous les points. Celui-ci, déjà furieux d'être obligé de céder, sentit augmenter sa colère en se voyant si près d'un homme qu'il détestait, et qui avait 'audace de le toucher. Incapable de se contenir plus long-temps, il poussa brusquement Lerond, en lui disant : prends donc garde à toi, manant! Lerond faillit perdre l'équilibre, tant la secousse fut forte. Cependant il y résista, et repoussa rudement M. de Fierenville, qui, incapable de soutenir une si vigoureuse riposte, recula deux pas, et alla s'asseoir dans le beau milieu de la boue. Ah! scélérats, dit M. de Fierenville, vous êtes deux qui voulez m'assassiner : au meurtre ! Mon ami, lui dit Thomas fils d'un grand sang-froid, vous n'avez que ce que vous méritez. Au lieu de vous égosiller, songez plutôt à vous relever et à vous nettoyer. Cela dit, Lerond et Thomas s'éloignèrent, et continuèrent tranquillement leur promenade.

Cependant un paysan accourut aux cris que faisait M. de Fierenville. Il lui donna la main, et le tira avec beaucoup de peine de la boue où il était enfoncé. Mon ami, tu es témoin que deux coquins ont voulu m'assassiner. — Moi! je suis témoin que vous étiez dans la boue, et que je vous en ai tiré. — Comment, canaille! — Ah ! si c'est-là le remerciment... — Ne crie pas, tiens voilà dix francs pour ta peine. — Je ne demande pas l'aumône; gardez votre argent. — Comment ! tu refuses de ton seigneur! — Je refuserais du diable même! — Imbécile! — Ah çà ! mais dites donc!... — Tu vas venir avec moi à la mairie, je vais faire dresser procès verbal, tu le signeras. — Je ne signerai rien. Si

vous m'en croyez, allez chez vous changer
d'habit; si vous passez dans le village, fait
comme vous êtes, tous les petits enfans se
moqueront de vous. M. de Fierenville sentit
la justesse de ce conseil, et retourna chez lui.
Robert arriva bientôt tout essoufflé. Vraiment,
on vient de m'apprendre de belles choses! —
Tu vois, mon pauvre Robert! tu vois! — Et il
n'y avait pas de témoins? — Pas de témoins. —
C'est diabolique. — Est-ce que, malgré cela,
je ne pourrais pas les accuser d'assassinat? — Je
ne crois pas, monseigneur; nos lois sont si ri-
dicules sur cet article-là! — Eh bien! Robert, il
faut que tu me venges. — Je suis tout prêt,
monseigneur, pourvu qu'il ne faille pas s'exposer... — Il faut absolument les tr ouver en défaut, les convaincre de complot, de sédition.
Malheureusement leur conduite est si réser-
vée... — Tu n'as rien saisi tantôt? ils n'ont pas
quelque buste, quelque portrait? — Du tout;
mais laissez-moi faire; ce sera bien le diable,
si, à force de les épier, je ne trouve pas moyen
de les surprendre. Robert sortit dans cette
louable intention.

CHAPITRE X.

GRAND ÉVÉNEMENT.

Il y avait dans le village une espèce de café
où les paysans se réunissaient le soir. Lerond
avait coutume d'y aller, et il y mena ce jour-
là Thomas fils. Robert y était aussi dans un
coin, avec un garçon de dix-huit à vingt ans, auquel il avait appris à lire. C'était un grand benêt, qui faisait tout ce que son maître lui disait, sans y entendre malice, et sans avoir l'intention de faire du mal. Robert lui avait fait la
leçon sur ce qu'il avait à dire à Lerond, pour
tâcher de le faire causer. Quand Lerond fut
assis à une table, où il buvait de la bière avec
Thomas, le grand benêt fut à lui. Eh bien!
monsieur Lerond, il vous est arrivé une drôle
d'histoire! — Oui, mon garçon. — Ah dame!
c'est que ces seigneurs-là, ça se croit autorisé à
tout faire. Pas de réponse. — Nous étions pourtant bien plus heureux autrefois, n'est-il pas
vrai? — Tu es un sot, lui dit Lerond. — Je sais
pourtant bien ce que je dis, allez: quand l'autre était là, il n'aurait pas souffert... — Imbécile! est-ce que tu crois que c'est le Roi qui

autorise toutes les sottises de M. de Fierenville?
— Oui, je le crois. — Il est pourtant bien loin
de là; il voit du même œil tous ses sujets, et
s'il savait qu'on les vexât... Robert, dans son
coin, bouillait d'impatience en voyant que Lerond ne se laissait pas entraîner par ce qu'on lui
disait. La conversation continuait d'une manière insignifiante; mais le hasard servit Robert mieux que toutes les précautions qu'il avait
prises. Le grand benêt disait à Lerond : Tout
de même, monsieur Lerond, vous vous êtes fait
faire là un bel habit! — Tu trouves... — Oui;
mais on vous l'a fait trop large, cela vous
donne l'air d'un grand-père. — Cela m'est égal,
dit Lerond; j'aime à être à mon aise. Je veux
qu'un habit soit ample; ma foi, vive l'ampleur;
avec l'ampleur on n'est jamais gêné. — Il a
crié vive l'empereur (1), s'écria Robert; qu'on
l'arrête, il a crié vive l'empereur! — Tu es un
imposteur, dit Lerond; Thomas est témoin...
— Oui, oui : Thomas dira comme toi; mais

---

(1) Ce jeu de mots paraîtrait sans doute d'un très-
mauvais goût, si l'on ne savait qu'à 60 lieues de Paris
il a été le sujet d'un procès intenté à un pauvre homme,
qui, après avoir été acquitté par ses juges, fut remis en
prison par *l'autorité*.

Bastien est là... — Moi, M. Robert? je n'ai pas entendu bien distinctement... — J'ai entendu, moi ; tu dois avoir entendu aussi. Allons, mes amis, prêtez-moi main-forte pour arrêter ce malveillant qui fait entendre des cris séditieux. Pas un paysan ne bougeait : la plupart, occupés à causer entre eux, n'avaient rien entendu de ce qui s'était dit. Ils restaient la bouche béante, et ne pouvaient pas se mettre dans l'idée que Lerond eût fait ce dont on l'accusait. Dans tous les cas, aucun n'était diposé à arrêter Lerond pour faire plaisir à M. Robert. Comment, criait M. Robert, vous ne me secondez pas pour arrêter ce misérable ! Vous voulez donc qu'on vous regarde comme ses complices ? Je vois bien qu'il faut que je vous donne l'exemple.

Robert, surmontant sa timidité naturelle, marche à Lerond, et veut le saisir au collet. A peine en avait-il fait le geste, qu'un coup de poing, que Lerond lui appliqua de toutes ses forces sur le visage, l'envoya tomber de l'autre côté de la chambre. Ce fut un bonheur pour lui : car Thomas fils, transporté de fureur, allait s'élancer sur lui et l'eût assommé. Robert se releva tout sanglant. Il ne manquait plus que cela ; rébellion, voies de fait contre l'autorité : et vous, coquins, qui ne me vengez pas, vous êtes d'accord avec lui ; je vous ferai tous arrêter. Ah ! vous vous réunissez dans un lieu public pour invoquer le nom de l'usurpateur ! vous voulez assassiner un magistrat qui s'oppose à vos cris de révolte ! Tremblez, misérables, tremblez : votre châtiment n'est pas éloigné. Robert sortit, laissant tous les spectateurs fort étonnés de ce qui venait de se passer, et Lerond et Thomas, en particulier ; fort inquiets du résultat qu'allait avoir cette scène. Bastien disait qu'il avait bien entendu ampleur et non point empereur ; mais il avait tant de confiance dans M. Robert, qu'il ne pouvait croire que celui-ci se fût trompé.

On resta long-temps à conférer sur cette malheureuse affaire. Tous les paysans, sur le dire de Bastien, étaient prêts à attester l'innocence de Lerond. Une agitation pénible régnait dans cette réunion d'hommes si tranquilles jusqu'alors. Ils se quittèrent tristement et formant les plus sinistres conjectures sur ce qui allait arriver.

Pour Robert, il n'avait même pas voulu se laver le visage. Il se présenta, tout sanglant, chez M. de Fierenville, pour faire plus d'impression

sur luï. On lui dit que M. de Fierenville était
eouché ; il n'en persista pas moins à entrer ; et ,
malgré la servante, il courut à la porte de la
chambre, qu'il ouvrit brusquement.

CHAPITRE XI.

MANIÈRE DE FAIRE UN RAPPORT.

M. de Fierenville sauta de son lit, tout ef-
frayé, en voyant Robert dans cet état : Qu'y
a-t-il donc, grands dieux ? s'écria-t-il. —
Grand événement, monseigneur, j'ai reçu un
coup de poing sur le nez; mais celui qui l'a
donné le paiera ; nous le tenons. Il conta alors
à M. de Fierenville ce qui venait de se passer,
et n'oublia pas de faire sonner bien haut les
cris séditieux de Lerond et la rébellion contre
l'autorité. Il s'agit maintenant de faire le rapport de tout cela, dit M. de Fierenville en se
mettant à son secrétaire; et il faut le tourner
de manière à produire de l'effet. Voyons. *Un
grand attentat vient d'être commis....* — C'est
cela, un grand attentat ! —*Le nommé Lerond ;*
il s'agit ici de le caractériser ; *Le nommé Lerond, connu depuis long-temps pour ses opinions coupables,* — Admirable ! — *a fait entendre* — dans un lieu public , n'oubliez pas
cela ! — *le cri de vive l'empereur ! invoqué le
nom de l'usurpateur;* n'a-t-il point aussi en-
gagé les paysans à se révolter? — Sans doute,

monseigneur, faire entendre ce cri, n'est-ce pas provoquer la rébellion ? — C'est vrai, c'est vrai.... *provoqué les citoyens à s'armer contre l'autorité légitime. Le maire, magistrat respectable,* — Certainement. — *connu par son zèle pour la bonne cause,* — J'en donne des preuves. — *aimé et respecté de ses administrés...* —Ahi! heureusement qu'il ne faut pas de certificat. — *a inutilement tenté de s'opposer au désordre.* — Soignez-moi bien cet endroit-là. — *Ce fonctionnaire... courageux...* — Je m'en vante. — *a reçu un coup de poing sur le nez.* —Ah! monseigneur, ceci n'est point à la hauteur du reste ; il faut tâcher de présenter ce fait d'une manière plus noble, de le faire ressortir.... — Allons, je vais effacer cette phrase. — Il faut conserver les premiers mots : ce fonctionnaire courageux... — Bon. *Ce fonctionnaire courageux n'a point été secondé,* — C'est vrai, personne n'a bougé. — *et ayant voulu s'assurer de la personne du séditieux, il en a été grièvement blessé au visage.* — A la bonne heure, comme cela ! — N'avait-il point d'armes ? — Non..... Attendez, je crois qu'il avait sa canne dans un coin. — Sa canne ! Il était armé en ce cas. *Le nommé Lerond ayant tenté de soutenir la rébellion par la force des* armes , — Ah, ah ! il aura du bonheur s'il s'en tire. Il ne faut pas oublier ses complices , maintenant. — Qui sont-ils? — D'abord, Thomas fils. — Ah! celui-là ne m'étonne pas. A-t-il crié aussi, lui? — Je ne crois pas; mais, au moment où Lerond m'a donné ce fameux coup de poing, il allait m'assommer... — Suffit. *le sieur Thomas fils, officier à demi-solde, mauvais sujet, professant des principes dangereux...* — Qui croirait, en vous le voyant si bien dépeindre, que vous ne le connaissez pas? — Comment, je ne le connais pas! est-ce qu'il ne s'est pas moqué de moi quand je suis tombé dans la boue ? — Je n'y pensais plus. Vous le ménagez trop, en ce cas. — Que veux-tu? Je suis naturellement indulgent. Nous dirons donc : *Le sieur Thomas fils , etc., qui partage d'ailleurs les opinions coupables de Lerond...* — Oh ! ceci, vous pouvez le dire en toute sûreté de conscience , puisqu'ils vont devenir beaux-frères. Ils pensent l'un comme l'autre. — *a soutenu la rébellion de Lerond; et le maire eût été victime de la fureur de cet individu,* — Je tremble encore quand j'y pense. — *s'il n'eût déjà été renversé par le coup de poing;* — Ceci ne vaut rien, monseigneur ; cette manière de

raconter est trop simple.—Eh bien! *si les bles-*
sûres qu'il avait reçues ne l'avaient déjà ren-
versé mourant aux pieds de ses.... de ses en-
nemis, — Ennemis; cela n'est pas assez fort.—
aux pieds de ses bourreaux. — Bravo! cela fait
image. Il semble qu'on voit ce pauvre maire....
Monseigneur, ce rapport-là fera sensation...—
Oh! quand je m'en mêle.. Poursuivons: *Il est donc*
nécessaire, —Mettez, urgent. — *pour prévenir*
de nouveaux troubles, d'envoyer ici la force ar-
mée pour s'emparer des deux rebelles, les con-
duire dans les prisons jusqu'à ce que leur
procès soit instruit, et qu'un jugement leur
inflige le châtiment qu'ils ont mérité. — Oh!
bien mérité, assurément; mais, vous oubliez
quelque chose. — Quoi donc? — Et le père
Thomas. — Est-ce qu'il était là, lui?—Non pas;
mais il n'en est pas moins coupable. — Comment entends-tu cela? — Est-ce qu'il ne s'est
pas moqué de notre autorité? Est-ce qu'il n'a
point dit qu'il ne connaissait pas de seigneur?
Est-ce qu'il n'a point refusé de me donner
sa fille, que vous m'autorisiez à lui demander?
N'est-ce point en sortant du rassemblement de
mécontens qu'il réunissait chez lui, que Lerond s'est constitué en état de rébellion ouverte? Ne peut-on pas raisonnablement

supposer que le plan de révolte avait été con=
certé chez lui, et que, sans se mettre en avant,
il est le chef du complot? — Tu as raison. Il est
peut-être le plus coupable de tous. Allons, allons...*Il n'est point inutile de remarquer que les
deux individus dénommés ci-dessus se sont portés
aux excès que nous venons de raconter, en sortant d'un rassemblement de mécontens , qui
avait eu lieu chez le sieur Thomas , père de
l'individu de ce nom, porté au présent rapport.
Ce vieillard.....* Il s'agit ici de faire son portrait; je ne le connais pas : ainsi, parle, toi.
— Eh bien ! monseigneur, *ce vieillard récalcitrant,* — Oh ! récalcitrant, je ne mettrai pas
cela. — Allons: *ce vieillard factieux ,* — Ceci
vaut mieux. — *qui a sucé les principes de son
fils ;* — Il me semble plus naturel que ce soit
le fils qui ait sucé les principes du père. —
Comme vous voudrez : nous dirons, en ce cas :
*ce vieillard factieux qui a inspiré à son fils
ses détestables principes, réunit tous les jours
chez lui....* Puisqu'il l'a fait une fois, il a pu
le faire tous les jours, *des ennemis du gouvernement.* —C'est bien ; laisse-moi achever maintenant. *Il y a donc tout lieu de croire que c'est
dans ce conciliabule,* — Ah ! voilà une belle
expression ! — *que s'est formé le complot qui*

vient d'éclater, et dont les conséquences funes-
tes ont été prévenues par la fermeté du maire.
— Vous ramenez là bien adroitement l'attention sur moi. — *Il est indispensable, si l'on*
veut totalement extirper l'esprit de révolte
qui se manifeste dans cette commune, d'arrêter
également le sieur Thomas père, qui, suivant
toutes les apparences, est le véritable chef de
la conspiration. — Voilà une conclusion bien
amenée. — Est-ce bien comme cela ? — On
ne peut pas mieux, monseigneur. — Je ne
suis pas de ton avis; il faut encore mettre
quelque chose pour ajouter à la conviction.
Par exemple : *Une grande partie des habitans*
du village qui étaient présens, déposeront la
vérité de....—Ah de diable ! n'allez pas mettre
cela ; vous ne connaissez pas ces coquins de
paysans : pas un ne voudra ouvrir la bouche ;
ils diront qu'ils n'ont rien entendu. — Comment donc faire si on demande des témoins ? —
Oh ! nous aurons le petit Bastien, dont je réponds
comme de moi-même, et puis moi, maire,
dont le témoignage est d'un certain poids. —
C'est là tout ? — Nous ne pouvons pas compter sur d'autres. — Allons, soit : *Le paysan*
même auquel Lerond s'est adressé en profé-
rant des cris séditieux, déposera de la vérité

du fait. — Voilà qui est bien. — Tu vas transcrire cela, toi, Robert, qui as une belle main. Robert se mit à l'ouvrage, et il eut bientôt fait. Voilà le rapport transcrit, monseigneur; il n'y a plus que la formule d'usage : *J'ai l'honneur d'être avec un profond respect...* — Ne va pas mettre cela, imbécile. — Pourquoi donc ? — Comment ! moi, Achille de Fierenville, écrire ainsi à un mauvais sous-préfet qui n'est pas même gentilhomme! Allons donc, tu te moques de moi. Tu vas mettre: *Je suis, monsieur, votre,* etc. — Voilà qui est fait, monseigneur. — Maintenant, qui est-ce qui portera cela à la ville? — Moi, monseigneur; je monterai à cheval demain à la pointe du jour; et je serai de retour le soir. — Mais, nous disons dans le rapport que tu es grièvement blessé; et si l'on te voit courir comme cela... — Alors, je monterai en voiture, et je m'envelopperai la tête. — Voilà qui est arrangé; maintenant, va-t'en, et laisse-moi dormir. Robert se retira chez lui, emportant le précieux rapport, et se consolant du mal qu'il avait reçu par l'espoir du mal qu'il allait faire.

CHAPITRE XII.

SUITE.

Robert partit le lendemain à quatre heures du matin pour le chef-lieu de la sous-préfecture. Sa figure empaquetée, qui venait à l'appui du terrible rapport, fit un effet surprenant; on crut que le village était en état complet d'insurrection. On voulait y faire marcher de suite toutes les forces disponibles; mais Robert qui craignait que, par une semblable mesure, on ne parvînt à se convaincre de l'exagération qui régnait dans le rapport, fit tout ce qu'il put pour éviter qu'on en vînt à cette extrémité. Il objecta que, par cette précipitation, on pourrait pousser aux derniers excès des esprits déjà aigris; qu'il serait mieux d'attendre que l'agitation fût un peu calmée; qu'alors on arrêterait sans difficulté les trois coupables; que lui, maire, se faisait fort de conduire les gendarmes chez eux au point du jour, de manière à ce que cette arrestation ne fût vue de personne, et par conséquent fît moins de sensation.

On se rendit aux raisons de Robert, et on sut encore gré à cet hypocrite de sa douceur et

de sa modération : il fut convenu que le lendemain on enverrait à.... dix gendarmes, qui y
arriveraient vers minuit, et qu'au point du
jour les trois séditieux seraient arrêtés et amenés
dans les prisons.

Les choses étant ainsi réglées, Robert se
remit en route pour revenir à..... Il traversa le
village d'un air triomphant, fixant d'un œil fier
et satisfait tous ceux qu'il rencontrait. Il se rendit directement chez M. de Fierenville, qui par-
tagea sa satisfaction, et qui s'étonnait lui-même
d'avoir déployé tant d'énergie, de fermeté et
de talens dans cette circonstance difficile.

Les paysans qui avaient vu partir Robert, n'a-
vaient rien auguré de bon de ce voyage ; leurs
craintes augmentèrent quand ils virent l'air satisfait qu'il avait à son retour. Lerond et la famille
Thomas, surtout, éprouvaient de vives inquiétudes. M. Simon, lui-même, instruit de la
scène de la veille, prévoyait qu'elle entraînerait
les conséquences les plus fâcheuses. Tous les
paysans, qui aimaient Lerond et Thomas, les
engageaient à quitter le village ; mais ceux-ci,
pensant avec raison que, si on les jugeait coupables, l'autorité saurait les atteindre partout
où ils iraient, ne crurent pas à propos de suivre
ce conseil.

La journée du lendemain s'étant passée tranquillement, on commença à espérer que cette
affaire n'aurait pas de suite. Ces infortunés ne
savaient pas ce qui se préparait ; ils ignoraient
que leur ennemi jouissait de leur sécurité , et
allait les en faire sortir d'une manière bien
cruelle.

CHAPITRE XIII.

CATASTROPHE.

Toutes les précautions furent prises pour que l'expédition ne manquât pas. Dix gendarmes arrivèrent le soir sans bruit ; on leur fit connaître la maison des coupables, et, le lendemain, au point du jour deux gendarmes entrèrent chez Lerond, et s'assurèrent de sa personne ; il ne fut point surpris en les voyant ; il s'habilla tranquillement, et les suivit sans dire un mot. Robert, à la tête des huit autres gendarmes, se rendit chez le père Thomas. Ce bon vieillard et son fils furent pris dans leur lit. Le père Thomas était calme ; son fils, bouillant de colère, était à peine contenu par six gendarmes. Allons, dit Robert, qu'on me donne les clefs et que j'examine la correspondance de ces gens-là. Ah, messieurs ! vous tramez des complots, et par-dessus tout cela vous insultez l'autorité ! vous n'êtes pas au bout. Robert fureta dans les papiers, et ne trouva rien, comme probablement il s'y attendait bien. Catherine, éveillée par ce tumulte, était tombée évanouie en voyant son père et son frère entre les mains des gendarmes. Lorsqu'elle fut revenue à elle, elle embrassait les genoux de Robert, elle les mouillait de ses larmes. Égarée, hors d'elle-même, elle le suppliait de lui rendre ce qu'elle avait de plus cher au monde. Catherine, lui disait son frère, ne t'abaisse point à supplier ce lâche coquin, cet infâme agent d'un homme plus méprisable que lui... — Vous entendez, disait Robert aux gendarmes, comme ce garçon-là insulte l'autorité, comme il calomnie notre digne et bon seigneur! Allez, c'est un homme bien dangereux ; calmez-vous, calmez-vous, chevalier, on va vous mettre quelque part où votre transport se dissipera. Quant à vous, mignonne, vous avez beau pleurer, cela n'est plus de saison et ne sert à rien ; vous apprendrez ce qu'il en coûte de faire la bégueule avec un homme comme moi. Allons, papa Thomas ; pas de grimace, mon ami, marchez de bonne grâce. — Misérable, dit Thomas, qui ajoutes l'insulte à tes autres bassesses ! — Ah ! voilà les radotages. Allons, gendarmes, finissons - en Les gendarmes emmènent le père et le fils hors de la maison. Catherine s'était attachée à eux et ne voulait pas s'en séparer. Ils trouvèrent à leur porte Lerond entre deux gendarmes. Ce coup acheva d'accabler cette malheureuse fa-

mille. Le père Thomas ne put retenir ses larmes. Le fils, partagé entre la colère et la dou-
leur, était suffoqué par les sentimens qui l'agi-
taient. Lerond, vivement touché de l'état où il
voyait sa pauvre Catherine, tâchait de la consoler et de la rassurer. Les habitans du village
étaient accourus à cette scène douloureuse. Le
mécontentement éclatait sur leur visage; et
déjà ils parlaient d'arracher ces trois infortunés
à leurs persécuteurs. Robert continuait d'insulter à ses victimes, et il disait à Lerond :
quant à toi, mon ami, ton affaire est claire, et
tu n'attendras pas long-temps. Cris séditieux,
invocations du nom de l'usurpateur, cela est
de suite expédié; ces messieurs n'en seront peut-
être pas quittes aussitôt... Un cri général d'indignation l'interrompit. Robert, en se retour-
nant, ne vit que des regards menaçans fixés
sur lui; il devint pâle et tremblant, et s'étant
frayé un passage dans la foule, à l'aide des gendarmes, il s'esquiva.

Thomas fils, qui s'était aperçu de l'agitation
des paysans, entreprit de les calmer. Mes amis,
leur dit-il, soyez tranquilles; cette affaire n'aura
pas de suites fâcheuses. L'autorité a pu être
trompée; mais elle n'est point injuste : notre
premier devoir est de nous y soumettre. Res-

pectez votre maire ; quelques torts qu'il paraisse avoir dans tout ceci ; adieu, mes amis, nous nous reverrons avant qu'il soit peu. Marchons, dit-il aux gendarmes. Catherine tomba évanouie. Lerond la remit à M. Simon, qui venait d'arriver. Je vous recommande ma fille, dit Thomas, suffoqué par les sanglots. M. Simon l'embrasse et lui dit : Tant que je serai ici, votre fille aura un protecteur. Il prit aussi la main à Thomas fils puis à Lerond : Allez, mes amis, leur dit-il, ne vous découragez pas ; la justice est pour vous : nos regrets et nos vœux vous accompagneront. Les gendarmes montèrent à cheval ; les trois infortunés marchèrent au milieu d'eux à pied. Adieu ! leur crièrent les paysans en pleurant ; ils tournèrent la tête pour répondre, mais l'émotion étouffa leurs voix.

Robert était monté dans son grenier, pour voir comment tout se passerait. Lorsqu'il vit les gendarmes s'éloigner avec leur proie, il respira, et courut chez M. de Fierenville. Dieu merci, dit-il, l'expédition est terminée ; celle-là m'a donné assez de mal. Sans ma fermeté et mon énergie... — Faquin, ne vas-tu pas te vanter ? — Ah ! vous croyez que c'est une plaisanterie ; j'aurais voulu que vous pussiez voir l'air menaçant des paysans. Ils avaient bien envie de me tomber sur le corps. — Que me dis-tu! mon cher Robert; est-ce que nous courons quelques dangers? — Ma foi, je ne réponds de rien. — O ciel! mon ami, songeons à notre sûreté. — Là, là, le mal n'est peut-être pas si grand; il faut attendre, pour voir ce que cela deviendra. — Oui, parbleu, attendre! et si cette populace se porte à des excès? — Il faudrait tâcher de savoir ce qui se passe dans le village. — Eh bien! va-s-y. — Et si l'on veut m'assommer... — Mon pauvre Robert, rends-moi ce service. — Allons, je me dévoue. Robert sortit. Il s'avança avec précaution, en regardant tout autour de lui. Les paysans étaient rentrés chez eux; un profond silence avait succédé au tumulte. Robert ne vit que quelques femmes, qui détournèrent la tête en l'apercevant. Il rentra bien vite : Monseigneur, tout est tranquille. M. de Fierenville lui sauta au cou; ensuite, faisant une réflexion : Parbleu! j'aurais bien voulu voir que cette canaille sortît de son devoir, je l'aurais joliment fait rentrer dans l'ordre! — Peut-être pas si facilement que vous croyez. — Ah, poltron! tu crois cela; toi, tu te serais sauvé, je parie. — Ma foi, monseigneur, je vous aurais suivi. — Voyons, n'as-tu pas remar-

qué quels étaient les plus mutins? — Oh! j'étais
si troublé... — Comment; la peur t'aveuglait
au point de ne pas voir? — Non, je n'ai rien
vu. — Cependant, il serait important de connaître les chefs de cette nouvelle insurrection.
— Ah! insurrection! le mot est trop fort. —
Faquin, ne vas-tu pas me faire la leçon? Est-ce
qu'il n'y a pas eu murmures, menaces, provo-
cations contre l'autorité? Est-ce que moi-même
je n'ai pas couru des dangers? Je vais en rendre compte; il faut faire des exemples. — Vous
ferez des exemples, si vous voulez; quant à
moi, je ne m'en mêle plus. — Comment! fonctionnaire timide... — Timide tant qu'il vous
plaira; je sais bien ce qui a failli m'arriver:
c'est assez comme cela. Vous-même, si vous
êtes prudent, vous en resterez là. — Comment,
Robert! est-ce que tu crois qu'ils auraient l'audace..... — O mon Dieu, oui. — Malgré mon
rang, ma naissance? — Ah bah! Ils se moquent
bien de tout cela! — Diable! mais cela est sé-
rieux. Écoute Robert; je suis naturellement
bon; tu plaides si bien la cause de tes administrés.... tu désarmes ma sévérité... Je leur
pardonne, à ta considération. — Que ce soit
aussi à la vôtre, monseigneur.

Après cet acte de clémence, M. de Fierenville sortit avec Robert pour faire le tour du
village. Il vit que tout était tranquille, et ne
douta point que ce ne fût sa présence imposante
qui produisait cet effet.

CHAPITRE XIV.

PROCÈS DE LEROND.

CEPENDANT les trois prisonniers suivaient la route de la ville; le père Thomas avait de la peine à marcher. Les gendarmes qui exécutaient cet ordre rigoureux étaient tous de vieux militaires, la pitié trouvait donc place dans leur cœur; ils plaignaient les malheurs de cette famille, qu'ils avaient de la peine à supposer coupable, et ils se sentaient intérieurement disposés à avoir du respect pour l'officier, qu'ils conduisaient comme un criminel. On s'arrêta à une auberge, où l'on prit une voiture, qui transporta les trois prisonniers à la ville. Ils furent mis en prison à leur arrivée; mais l'émotion qu'ils avaient éprouvée en quittant leur famille s'étant dissipée, ils s'étaient armés de fermeté; et, rassurés par leur innocence, ils étaient résignés sur tout ce qui pourrait arriver.

Lerond et Thomas fils subirent plusieurs interrogatoires; et comme ils niaient tout ce dont on les accusait, on crut qu'ils avaient fondé leur défense sur un système de dénégation absolue, et on n'en fut pas plus disposé à croire à leur innocence.

L'instruction du procès de Lerond fut poussée vivement; on avait appelé sur cette affaire toute la sollicitude de l'autorité. Un zèle bouillant et irréfléchi la représentait comme devant avoir les plus graves conséquences ; il importait surtout, disait-on, de faire un exemple. On s'empressa donc de remplir toutes les formalités, pour que rien ne retardât le châtiment du coupable.

On annonça à Lerond qu'il allait être jugé. Il apprit cette nouvelle avec plaisir, parce qu'il ne doutait pas que l'issue du procès ne dût lui être favorable. La veille de ce jour, M. de Fierenville et Robert partirent pour se rendre à la ville. La pauvre Catherine était dans des angoisses difficiles à décrire. M. Simon la rassura, et partit aussi pour aider Lerond de ses conseils. Le matin du jour où le jugement devait se prononcer, il eut une longue conversation avec Lerond; celui-ci parut ensuite devant le tribunal avec un extérieur parfaitement calme.

Robert, avec un air effronté, mais un peu agité, figurait parmi les témoins. Lerond ne put s'empêcher de sourire en entendant la lecture de l'acte d'accusation, qui était entière-

ment basé sur le rapport de M. de Fierenville.
Robert, d'une voix claire et élevée, fit une dé-
position qui confirmait toutes les charges énon-
cées contre Lerond ; le jeune Bastien parla en
tremblant dans le même sens. Ensuite on en-
tendit les témoins à décharge ; de ce nombre
étaient l'ancien maire et plusieurs paysans, qui
déposaient n'avoir pas entendu de cris séditieux, et avoir vu seulement Lerond donner
un coup de poing à Robert, qui l'injuriait et le
saisissait au collet.

Lerond n'avait point voulu d'avocat. Après
que toutes les dépositions furent entendues ;
rassuré par l'air de bonté de ses juges, et surtout du président, par l'intérêt avec lequel tout
le monde le regardait ; il parla ainsi :

Messieurs, je ne suis point orateur, je suis
un homme simple qui ne connaît que la vérité.
Je n'emploierai donc point de grands mots
comme ceux dont se sont servis mes accusa-
teurs ; je dirai les faits tels qu'ils sont.

Mon père m'a laissé, entre autres biens, une
partie des terres qui ont appartenu à M. de
Fierenville. Celui-ci voudrait que je les lui ren-
disse, et moi je veux les garder, parce que mon
père les a bien payées, et que les lois m'y au-
torisent. Je n'avais jamais parlé à M. de Fieren-

ville ; nous nous sommes rencontrés dans un chemin étroit. Il m'a poussé, je l'ai repoussé ; je suis resté debout, et il est tombé.

J'aime la fille de M. Thomas, je lui conviens, et j'étais sur le point de l'épouser quand on m'a arrêté. M. Robert avait aussi des prétentions sur elle : on l'a refusé. Il est revenu à la charge ; on s'est moqué de lui.

Pesez bien ces circonstances, messieurs, elles pourront servir à expliquer l'acharnement avec lequel on me poursuit.

M. Thomas père est un vieillard respectable, qui a toujours, autant qu'il l'a pu, fait le bien et empêché le mal. Son fils est un brave militaire, qui a gagné, au service de son pays, des distinctions honorables, qui est rentré paisiblement chez lui quand on le lui a ordonné. Moi, messieurs, je suis un citoyen tranquille, soumis aux lois. Je ne dirai pas que je ne suis point un séditieux, je ne sais pas même ce que c'est.

Je viens au fond de l'accusation. Quand M. Thomas fils est revenu, son père, content de le revoir, ce qui est assez naturel, a donné un dîner. Il n'y a invité que ses amis ; M. Robert n'y était pas. Le soir, je suis allé au café avec son fils. Un grand innocent, qui ne fait rien que par M. Robert, est venu me tenir des propos sur le gouvernement, pour m'engager à l'imiter ; je ne lui ai pas répondu. Il m'a dit que mon habit était trop large. J'ai répondu que j'aimais un habit ample, et j'ai dit, en parlant de cela : vive l'ampleur. M. Robert, qui était à l'affût, a prétendu que j'avais crié vive l'empereur. Je lui ai dit qu'il mentait ; il m'a saisi au collet, je lui ai donné un coup de poing et je l'ai jeté à la renverse. Voilà le fait, messieurs, tel qu'il s'est passé. Je n'avais point d'armes ; ma canne était dans un coin, elle ne m'a pas servi. M. Robert n'avait point son écharpe ; il n'était point en fonctions. Je n'ai vu en lui qu'un particulier qui m'insultait.

Reconnaîtrez - vous, messieurs, dans ce récit le complot, la rébellion, l'insurrection dont on vous a parlé ?

Je ne sais pas ce que c'est que d'user de récrimination. Je ne chercherai donc pas à vous faire sentir combien le témoignage de M. Robert peut être suspect dans tout ceci ; combien celui d'un jeune homme qui se laisse entièrement conduire par les conseils de M. Robert, doit inspirer de défiance. Je m'en rapporte à votre sagacité pour apprécier ces considérations ; je m'en rapporte à votre conscience pour le jugement que vous allez prononcer.

Un murmure d'approbation s'éleva dans l'auditoire quand Lerond cessa de parler. Le président interrogea de nouveau le jeune Bastien. Il lui fit une remontrance éloquente sur l'énormité du crime qu'il commettait, en ne déposant pas la vérité, en ne parlant pas d'après sa conscience. Le pauvre diable, après avoir longtemps hésité, finit par fondre en larmes, et avouer qu'il croyait que Lerond venait de raconter la chose comme elle s'était passée ; mais que, lui, avait déposé le contraire, parce qu'il n'avait pas osé faire autrement.

Lerond fut absous à l'unanimité. Robert, pâle de colère, allait se dérober dans la foule, lorsque le président, après avoir prononcé le jugement, ajouta ces mots d'une voix imposante.

Nous venons d'acquitter un homme contre lequel s'élevaient les accusations les plus graves. En examinant de près sa conduite, nous avons découvert que l'imposture et la haine avaient employé les moyens les plus bas pour arracher des citoyens honnêtes et paisibles à leurs foyers, à leurs travaux, à leurs familles. On a même été jusqu'à suborner la faiblesse d'un jeune homme, pour rendre sa bouche, naïve et pure, l'organe du mensonge et de la calomnie. On a représenté un lieu où régnaient la paix, la confiance ; et, à défaut du bonheur, la tranquillité ; on l'a représenté, dis-je, comme un foyer d'insurrection, comme un réceptacle de brigands. Des villageois ont vu, pour la première fois, des gendarmes, des exécutions militaires. Ils ont entendu les cris déchirans des familles auxquelles on arrachait ce qu'elles ont de plus cher. Le calme a fui loin d'eux pour long-temps.

Voilà ce qu'ont fait, en quelques jours, des hommes, dont de pareils faits peignent mieux le caractère, que tout ce que je pourrais ajouter. Cependant celui qu'ils avaient choisi pour principale victime leur échappe. Il a trouvé, dans l'équité de ce tribunal, un refuge contre ses persécuteurs. Mais deux infortunés, un vieillard respectable, un officier qui a versé son sang pour son pays, gémissent encore dans les prisons ; et comme on ne les croit pas assez coupables pour être jugés, leur châtiment se prolongera comme s'ils étaient condamnés ; mais, les mît-on en liberté dès l'instant même, comme on va y mettre celui que nous venons d'acquitter, cette justice tardive les dédommagera-t-elle des ennuis de leur captivité, et des angoisses cruelles qu'elle a causées à leurs familles ? Est-il au pouvoir des hommes de réparer les conséquences funestes de la persécution qu'ils ont soufferte, d'en effacer les traces dans la mémoire de ces malheureux, de rendre la santé à un vieillard, dont cette secousse va peut-être abréger les jours.

Qu'ils rougissent, s'ils en sont capables, ceux qui ont causé tant de maux; ceux qui, circonvenant toujours l'autorité alarmée dans les temps de trouble, ont appelé sa sévérité sur des têtes innocentes. Ceux qui se parent d'un zèle affecté pour la bonne cause, d'une sévérité de principes qui n'est pas dans leur cœur, pour satisfaire des haines injustes et des vengeances cachées; abusant de ce qu'il y a de plus respectable, ils osent invoquer le nom du roi à l'appui de leurs criminelles intrigues. Qu'ils sachent que le roi et ses fidèles serviteurs désavouent les êtres méprisables qui n'ont que ces moyens pour prouver leur dévouement; qui, au lieu de concilier les esprits, les aigrissent et les exaspèrent; qui déshonoreraient, s'il était possible, une cause si belle, en s'en disant les soutiens. Non, le roi est ennemi de toute persécution; il voit du même œil tous les sujets soumis et obéissans, et quiconque les opprime doit redouter les effets de sa justice.

Retournez donc au milieu de vos concitoyens, vous qui venez d'être déchargé d'une accusation injuste; vous allez être rendu aux embrassemens de votre famille et de vos amis. Consolez-les, tranquillisez-les sur l'avenir, en leur parlant des vertus de leur bon Roi; surtout empêchez-les d'attribuer au gouvernement ce qui ne doit être imputé qu'à la corruption de ses agens. Que, rassurés par l'équité des magistrats suprêmes qui veillent sur eux; ils apprennent à ne plus redouter des hommes qui, s'ils l'eussent voulu, auraient pu se faire aimer, mais qui maintenant doivent désirer l'indifférence et le mépris, comme les sentimens les plus favorables qu'on puisse leur accorder.

Pendant tout le temps que le président avait parlé, les yeux de l'auditoire avaient été fixés sur Robert, qui, atterré par des reproches qu'il méritait si bien, n'osait plus lever la tête. Bientôt tout le monde entoura Lerond pour le féliciter. Robert profita de ce moment, où l'on ne faisait plus attention à lui, pour s'esquiver.

Lerond sortit de l'audience au milieu des félicitations. Il eût été très-satisfait, s'il n'avait songé que ses deux amis étaient encore en prison. Il ne se doutait pas qu'il n'était pas lui-même au bout des épreuves qu'on lui préparait. A peine sortait-il du tribunal, qu'il fut arrêté de nouveau par ordre du sous-préfet : en vain objecta-t-il qu'il venait d'être acquitté. Le président, indigné d'un acte aussi arbitraire, voulut inutilement s'opposer à l'arrestation de Lerond. L'autorité fit valoir ses droits. Il fallut donc se soumettre à cette mesure de haute police.

Lerond fut de nouveau conduit en prison ; et tous ses amis, qui croyaient venir pour être témoins de son élargissement, s'en retournèrent consternés.

CHAPITRE XV.

ENCORE UNE TENTATIVE DE ROBERT.

Robert avait vu de loin le tumulte qu'avait causé la nouvelle arrestation de Lerond. Il s'était consolé de la mortification qu'il venait d'éprouver en voyant de quoi il s'agissait. Il courut vite à l'auberge où était M. de Fierenville. Ah! voilà bien des nouvelles ! — Je les sais toutes : Lerond a été acquitté; mais j'avais paré le coup. — C'est admirable; mais avez-vous vu des juges pareils, et surtout ce coquin de président? Si vous saviez ce qu'il m'a dit ! il y en avait une bonne partie pour vous, allez. — Comment ! drôle, tu t'imagines qu'un homme de cette espèce aurait eu l'audace... — Il ne fallait que l'entendre. — Qu'il se soit donné carrière sur ton compte, rien de mieux; avec un homme de ta sorte cela ne tire pas à conséquence; mais avec moi, diantre... — Vous avez toujours bien fait de ne pas vous trouver là, vous auriez eu votre paquet. — Qu'est-ce que c'est donc que ce président? — C'est un de ces hommes qui ont toujours de grands mots à la bouche, tels que modération, justice, humanité.... enfin cela m'a tout l'air d'un jacobin. — Patience, nous aurons peut-être notre tour.

M. de Fierenville et Robert retournèrent au village. Ce dernier n'avait pas perdu de vue son grand projet. Il espérait bien tirer avantage des circonstances pour obtenir la main de Catherine.

Cette pauvre fille avait été voir une fois son père et son frère ; mais cette entrevue avait été si douloureuse et le moment des adieux si pénible, que Thomas et son fils prièrent M. Simon d'engager Catherine à ne plus revenir, et à attendre leur retour chez eux. Catherine était dans des transes mortelles, lorsqu'elle sut qu'on allait faire le procès à Lerond. M. Simon l'avait rassurée de son mieux, et lui avait promis de revenir promptement lui en annoncer le résultat. Elle attendit toute la journée avec une anxiété inexprimable. Enfin, vers le soir, M. Simon arriva. Il n'avait point l'air abattu ; mais sa figure n'annonçait pas non plus qu'il apportât des nouvelles entièrement satisfaisantes. Catherine tremblante n'osait l'interroger. M. Simon lui raconta de point en point tout ce qui s'était passé. Quoique Catherine fût douloureusement affectée de savoir Lerond plongé de nouveau dans une prison, elle éprouva une consolation bien douce en pensant que son innocence avait été reconnue.

Robert, cependant, qui ne désespérait pas encore de devenir l'époux de Catherine, réfléchit que ce qui venait d'arriver à Lerond devait donner à tout le monde une haute idée de son crédit, et qu'en promettant la liberté des trois infortunés pour prix du consentement à sa demande, il rendrait peut-être le père Thomas et ses enfans plus traitables. Il se rendit chez Catherine pour tenter cette voie d'accommodement. Il trouva M. Simon chez elle, ce qui le contraria beaucoup. Il lui eût été plus facile d'intimider une femme seule, et il eut mauvaise idée du succès de sa démarche, dès qu'il la vit sous la protection d'un homme qu'il ne pouvait souffrir, et qui lui inspirait une sorte de crainte. Il s'avança cependant avec assurance. Catherine jeta un cri, et se détourna avec horreur en le voyant. M. Simon se leva et fut vers lui. Que voulez-vous dans cette maison, et comment osez-vous encore vous y présenter ? — J'y viens dans de bonnes intentions. — Il est difficile de vous en supposer. — Je viens pour me concerter avec mademoiselle sur les moyens de rendre à la liberté les personnes que des circonstances impérieuses ont forcé d'en priver. — Ces circonstances impérieuses n'ont jamais existé que dans l'esprit de quelques êtres lâches et pervers qui les ont fait servir de prétexte à leur vengeance. — Enfin, monsieur, on peut réparer le mal qui a été fait. — Si c'est le remords qui vous y engage, expliquez-vous sur ce que vous voulez faire. — J'ai quelque crédit.... M. de Fierenville en a encore plus que moi, et je lui fais faire tout ce que je veux. Ainsi on pourrait intercéder pour faire mettre en liberté nos trois détenus, mais à une condition. — J'aurais été bien surpris si l'amour du bien seul vous avait déterminé à faire quelque chose de louable. Cette condition, quelle est-elle ? — J'ai demandé, il y a déjà long-temps, la main de Melle. Catherine.... si on me l'accorde...: — Retirez-vous, misérable, vil calomniateur, s'écria M. Simon d'une voix tonnante; osez-vous reparaître dans cette maison déserte et silencieuse, où vivait naguère une famille heureuse et tranquille ? Vous voulez abuser de la situation d'une fille seule et délaissée, dont vous avez fait emprisonner les parens; et vous croyez, en la flattant d'un espoir mensonger, lui arracher à elle et à sa famille un consentement qui les déshonorerait tous. Tremblez de reparaître devant ceux que vous avez

persécutés, lorsque la liberté leur sera rendue.
Ce moment ne peut être éloigné. L'exaspéra-
tion des esprits commence à se calmer. On
ouvre les yeux sur les abus que l'autorité a fait
quelquefois des pouvoirs sans bornes qui lui
étaient confiés. Apprêtez-vous à trouver dans
les malédictions publiques le prix de votre conduite, à voir s'accumuler sur vous la haine et
le mépris, et cherchez dès à présent une retraite profonde, seul refuge qui vous reste
contre l'indignation qui vous poursuit déjà.

Robert était resté immobile pendant le discours de M. Simon. Les derniers mots le firent
pâlir. Toute son effronterie l'abandonna. Il se
retira, sans répondre, avec une contenance
confuse et humiliée. Depuis qu'il avait prouvé,
par des persécutions, qu'il avait du pouvoir
et du crédit, personne ne s'était hasardé à lui
dire ses vérités. C'était la première fois qu'un
homme avait fait retentir à son oreille ces paroles terribles qui avaient répandu le trouble
dans son âme, et qui l'avaient forcé à descen-
dre dans sa conscience, dont il avait tâché jusqu'alors d'étouffer les cris.

CHAPITRE XVI.

LEROND EST MIS EN LIBERTÉ.

CEPENDANT le président continuait de faire des démarches pour l'élargissement de Lerond. Indigné de l'injustice commise à son égard, il menaçait de recourir au chef de l'état lui-même, pour faire cesser une injuste persécution. Ses courageuses réclamations commençaient à intimider l'autorité, qui sentait bien qu'un homme de ce caractère était fort gênant pour les honnêtes gens, qui aiment à satisfaire leurs petites passions aux dépens de la liberté de ceux auxquels ils en veulent. Enfin, ses remontrances, ses sollicitations, ses menaces, obtinrent l'effet qu'il s'en proposait. On sentit le danger de le forcer à recourir aux autorités supérieures : on voyait qu'il était homme à le faire, et que les mesures contre lesquelles il réclamait commençaient à devenir odieuses à tout le monde. Lerond fut donc mis en liberté. Cette heureuse nouvelle lui fut portée par celui même qui y avait tant contribué, et qui trouva sa plus douce récompense dans les témoignages

de joie et de reconnaissance que Lerond lui
donna.

A peine apprit-on au village l'élargissement
de ce brave homme, que ce fut une joie générale. Tout le monde allait féliciter Catherine, et lui faisait espérer que la liberté de
son père et de son frère suivrait de près celle
de Lerond. M. de Fierenville et Robert étaient
consternés ; ils voyaient depuis long-temps
qu'on paraissait disposé à revenir aux sentimens de modération. Ils s'étaient plusieurs
fois communiqué les tristes conjectures que
cela leur faisait faire, et ils avaient été d'accord
pour prédire que la France était perdue, si on
ne continuait pas de la gouverner d'après les
principes qu'ils avaient si bien mis en vigueur
dans le village. Ils résolurent de se renfermer
chez eux pour ne point voir arriver Lerond,
et ne point être témoins de la joie de ces coquins de paysans, dont il n'y avait pas moyen
de tempérer les éclats.

On savait que Lerond devait arriver le lendemain. Tout le monde fut à sa rencontre ; il
ne pouvait suffire aux témoignages d'affection
qu'on lui donnait. Catherine pleura en l'em-
brassant. La joie qu'elle éprouva fut bien tem-
pérée, en songeant qu'il revenait seul, et que

les deux infortunés qui l'avaient accompagné dans son douloureux voyage, gémissaient encore sous la plus tyrannique oppression.

Lorsque Lerond eut répondu aux félicitations de tous ses amis, et aux touchantes caresses de ses deux vieux serviteurs, auxquels sa maison avait été confiée pendant son absence, il entra chez Catherine : leur première pensée fut de s'entretenir des moyens de rendre à la liberté son père et son frère. Il n'y a point à balancer, dit M. Simon ; si les efforts du président ne réussissent pas, il faut, Lerond, que vous alliez vous-même à Paris, que vous éclairiez les dépositaires de l'autorité sur l'abus que leurs subalternes font de celle qui leur est confiée ; que vous rendiez à la société deux hommes qui n'auraient jamais dû en être séquestrés. Vos plaintes seront entendues ; vous trouverez des hommes disposés à les accueillir et à les faire parvenir jusqu'aux pieds du trône, s'il est nécessaire.

La modération va prévaloir ; l'opinion publique commence à faire justice de ces plates coteries, de ces ateliers de dénonciations qui ont fait un moment trembler les citoyens paisibles et honnêtes. Un dénonciateur, de quelque prétexte qu'il colore sa con-

duite, n'est jamais que le plus vil des hommes ;
il n'y a point d'opinion, point de devoir, point
de serment qui puisse le justifier ; le gouvernement le reconnaît tous les jours ; l'expérience lui démontre que ceux qui ont fait éclater leur dévouement par ces infâmes manœu-
vres, avaient moins en vue l'intérêt du trône
que le désir d'une lâche vengeance, ou les
calculs d'une cupidité effrénée. Le Roi va faire
rentrer dans le néant ces hommes qui se sont
mis entre son peuple et lui, pour arrêter les
effets de sa bonté et de sa modération. Allez
donc mêler votre voix à toutes celles qui s'é-
lèvent contre eux ; secondez les efforts courageux de ceux qui veulent leur arracher le
masque dont ils se sont couverts ; que leur conduite, dénoncée à l'indignation publique, les
fasse, je ne dirai pas rougir, mais trembler,
car la crainte est plus puissante que la honte
sur cette espèce d'hommes.

En rendant service à deux infortunés, vous
serez utile à la nation toute entière. Vous éclai-
rerez ceux qui la gouvernent, sur ces abus d'autorité qui doivent enfin avoir un terme, et
auxquels leur nom n'a que trop souvent servi
d'appui, quoique leurs intentions y aient toujours été opposées. Lerond avait prévu, à cet

égard, les conseils de M. Simon, qui étaient parfaitement d'accord avec ses intentions. Il fut décidé qu'aussitôt qu'on aurait connaissance du résultat des dernières démarches que devait faire le président, si ce résultat n'était pas favorable, Lerond partirait pour Paris.

CHAPITRE XVII.

HEUREUX ÉVÉNEMENT. DÉLIBÉRATION.

QUELQUES jours après le retour de Lerond,
un paysan, étant allé à la ville, y trouva tout
le monde dans la joie. L'ordonnance du 5 sep-
tembre venait d'y être connue, et les trans-
ports qu'elle excitait éclataient de la manière
la plus bruyante. Le paysan se dépêcha de
revenir au village; et, en arrivant, il conta
aux premiers qu'il rencontra cet heureux événement. Le bruit s'en répandit aussitôt : tous
les villageois accoururent et formèrent le cercle
autour du porteur de la nouvelle, qui leur ra-
contait de son mieux tout ce qu'on lui avait dit
de l'ordonnance du Roi, et du bien qui devait
en résulter. Ces bonnes gens étaient enchantés : Parbleu, disaient-ils, on ne vien-
dra plus faire d'arrestations chez nous. Un gentilhomme n'aura plus le droit de nous injurier
et de nous faire traîner en prison ! Et tous les
chapeaux volaient en l'air, et le cri de *vive
le Roi !* sortait de toutes les bouches. Robert,
qui s'aperçut de ce rassemblement, vint pour
en connaître la cause ; en s'approchant, il s'a-

perçut qu'on le montrait au doigt et qu'on lui riait au nez. Il s'informa cependant du sujet de tous les cris qu'il entendait, et les bras lui tombèrent lorsqu'on le lui apprit. Il reprit promptement son effronterie : Quel est, dit-il, l'imposteur qui ose répandre ce bruit, tendant à troubler la tranquillité publique ? — C'est moi, dit le paysan ; je viens de la ville, où tout le monde se réjouit comme nous le faisons ici. Il n'y a pas d'imposture là-dedans. —Taisez-vous, dit Robert, cela est faux. Je vais vous faire arrêter, vous et tous ceux qui vous écoutent, s'ils ne rentrent à l'instant chez eux.

Un brouhaha d'éclats de rire et de huées fut toute la réponse qu'on fit à Robert. Il vit bien qu'il ne gagnerait rien à vouloir intimider ces paysans, dont la tête était montée. Il prit le parti de la retraite et courut chez M. de Fiérenville, à qui il raconta ce qu'il venait de voir et d'entendre. M. de Fierenville fut foudroyé de ce récit, et resta plus d'un quart d'heure sans pouvoir parler. A la fin, il s'écria douloureusement : Il y a long-temps que je te l'avais prédit, mon cher Robert. Je voyais bien que les affaires prenaient une mauvaise tournure ! Tout est perdu, mon ami ; il n'y a plus rien à espérer ; le crime triomphe. Mais, dis-moi,

quel effet cela produit-il sur les paysans?
—Un effet diabolique, monseigneur. Ils crient
vive le Roi! comme des enragés. — Ah, canaille maudite! Dans ce moment, on apporta
le journal, et il n'y eut plus moyen de douter de la fatale nouvelle. Un instant après, le
curé arriva tout effaré. Ce fut d'abord un trio
de plaintes, d'exclamations et de soupirs. Enfin,
on délibéra sur la conduite que l'on devait tenir. Il faut crier qu'on trompe le Roi, dit M. de
Fierenville; il faut se déchaîner contre les ministres; il faut dire que cette mesure sera révo-
quée; il faut intimider ceux qui seraient tentés de s'en réjouir; il faut faire en sorte que
les mêmes représentans soient réélus. Toi,
Robert, tu vas me seconder : tu tâcheras d'en-
doctriner tous les riches paysans du village et
des environs, qui sont électeurs. Et vous, curé,
il faut vous servir aussi de votre ascendant.
— Bah! dit Robert, tout ce que vous direz
aux paysans ne servira à rien. Ces gens-là, au
lieu de vous écouter, vous reprocheront ce
que vous avez fait. Vous devez vous résou-
dre à en entendre de belles. — Comment!
que me reprocheront-ils? — Les arrestations.
— Ah mon Dieu! je n'y pensais plus. C'est
toi, misérable, qui me vaux tout cela; c'est

pour te faire plaisir que je m'y suis prêté.
— Voilà du nouveau ; c'est bien moi qui ai
monté le coup pour vous complaire. — Comment, coquin, je ne t'ai pas fait maire envers et
contre tous ? je n'ai pas fait mettre Lerond en
prison pour que tu pusses épouser Catherine?—
Ah ! par exemple, vous me prenez pour un sot.
C'est bien parce que vous lui en voulez que
vous l'avez fait mettre en prison ; ce n'est pas
pour l'amour de moi. — Comment, drôle, tu
oublies tout ce que j'ai fait pour toi ? un manant que j'ai tiré de la boue !...—Ah ! vous m'avez rendu là un fier service. Grâce à vous, je
n'ose plus me promener dans le village sans
craindre d'être insulté. Je me moque bien
de votre place de maire, qui ne rapporte rien.
Vous m'aviez promis un emploi lucratif. J'ai
dénoncé, j'ai calomnié celui qui en était pourvu,
et je n'ai rien obtenu. Maintenant, on me
montre au doigt comme un lâche et un misérable. Allez, votre connaissance me fait bien
du tort. — Ayez donc des bontés pour des gens
de cette espèce!..... Va, tu es un scélérat!—
Et vous, vous êtes un vieux.... — Doucement,
dit le curé : que cela n'aille pas plus loin.
Quand on s'est compromis tous deux, comme
vous l'avez fait, il faut rester unis, si ce n'est

par estime et par affection , au moins, que ce
soit par raison : c'est le moment , moins que
jamais , de vous brouiller. Les circonstances
exigent de l'union parmi ceux qui pensent
bien. Ainsi, au lieu de vous quereller , songez
à parer le coup qui vous menace. Je crois l'avis
que M. de Fierenville a ouvert fort imprudent.
Vous voyez que la mesure qui nous désespère
a l'approbation des paysans. Au lieu de la combattre, il faut avoir l'air de l'approuver, c'est
la vraie manière de se populariser. Par ce
moyen , vous pourrez faire tomber leur choix
sur quelqu'un de notre bord ; et, une fois le
choix fait , nous changerons de batterie. Il ne
faut point s'attacher à faire élire les mêmes représentans , parce que cela choquerait trop de
monde ; mais il faut en faire élire d'aussi bons.
Ainsi, tâchons d'être d'accord entre nous , et
de désigner à l'opinion un sujet sur lequel on
puisse compter. Par exemple, vous, monsieur de
Fierenville , pourquoi ne songeriez-vous pas à
vous mettre sur les rangs? Vous avez beaucoup
de connaissances dans le département, au chef-
lieu surtout. Intriguez, cabalez de manière à
vous mettre en évidence ; devenez , pour un
moment, affable et poli avec les paysans, vous
les amadouerez ; ils vous prôneront comme un

homme attaché à leurs intérêts, et toutes les voix se réuniront en votre faveur. Ne perdez pas de temps : consultez-vous, et prenez un parti, car il n'y a rien de pis que ne pas savoir ce qu'on veut faire.

Croyez-moi, ce moyen est le seul qui, en vous donnant de l'influence, puisse vous mettre à même de combattre le système qui nous anéantit. Quand vous serez nommé, vous verrez d'abord quel sera l'esprit de la majorité de la chambre. S'il est tel que nous devons le désirer, vous n'aurez plus de mesures à garder ; vous attaquerez sans ménagement tous ceux qui ne pensent pas comme vous. Vous demanderez qu'on prenne des dispositions propres à affermir la royauté et à lui concilier les cœurs ; telles que tribunaux extraordinaires, loi des suspects, emprisonnemens arbitraires, déportations, exils, etc. Vous avez vu le bon effet que cela a produit depuis un an. On ne saurait donc trop s'attacher à de pareilles mesures, et en demander la prolongation.

Vous serez à même d'apitoyer vos auditeurs sur le sort de cette pauvre noblesse et de ce pauvre clergé ; car il ne faut point avoir la sottise de perdre de vue nos intérêts particuliers, pour les sacrifier à l'intérêt public. Le

coup de maître, c'est de ne nous occuper que
de nous, en ayant l'air de ne songer qu'au
bien de l'état, et de faire croire que ce qu'on
nous donnera à nous, tournera essentiellement
au profit de la France, qui ne fera que s'endet-
ter de plus en plus pour améliorer notre position. Si vous voyez que la majorité de la
chambre ne soit pas favorable à vos prétentions, si malheureusement cette majorité paraissait déterminée à suivre les intentions du
Roi, ce que nous autres, bons royalistes, nous
devons redouter par-dessus tout, alors vous
changerez de langage, et vous prendrez une
marche diamétralement opposée à celle que je
viens de vous tracer. Au lieu de parler du
peuple avec mépris, et de demander des choses contraires à ses intérêts et à ses droits, vous
vous ferez tout à coup son avocat, et vous ne
parlerez plus que pour le défendre. Au lieu
d'attaquer la Charte, et de vouloir qu'on la re-
vise article par article, vous deviendrez un
de ses plus chauds défenseurs, et vous ne per-
mettrez pas qu'on s'en écarte le moins du monde; quand bien même on représenterait que
le maintien de la tranquillité publique, la sta-
bilité du gouvernement exigent qu'on suspende
momentanément, avec des garanties suffisan-

tes; quelques-uns des droits que cette Charte consacre; quand vous en seriez convaincu vous-même, vous ne voudrez rien entendre, et vous ne souffrirez pas qu'on porte la moindre atteinte aux droits de ce cher peuple, pour lequel vous vous serez tout à coup pris de belle passion.

A quelque prix que ce soit, il faut que nous redevenions les maîtres. L'intérêt de l'état, la sûreté du trône ne doivent passer qu'après cette considération essentielle. Nous devons marcher à ce but sans nous embarrasser du reste. Le moyen dont je parle est, je crois, infaillible. On vient de nous porter un coup terrible, sous prétexte que nous étions contraires aux intérêts du peuple; eh bien! faisons croire que nous sommes plus zélés pour ses droits que ceux qui prennent sa cause en main. Par là, nous rattraperons peut-être sa confiance; et, s'il est assez sot pour nous la rendre, si nous pouvons reprendre le dessus, alors nous établirons notre autorité sur des bases inébranlables, de manière à ôter à ce peuple l'idée même de parler de ses droits et de se soustraire à l'autorité que nous n'aurions jamais dû cesser d'avoir sur lui.

Le discours du curé rallia les deux champions. M. de Fierenville fut frappé comme d'un trait de lumière, par la perspective qu'on lui présentait. Cette idée d'être député le flattait agréablement ; il se voyait déjà à la tribune, tonnant contre les modérés et entraînant tous les suffrages. Il présenta la main à Robert, en signe de raccommodement. Celui-ci consentit à la paix, n'ayant rien de mieux à faire. Il fut décidé que M. de Fierenville tâcherait de se réconcilier avec les paysans ; que Robert en ferait autant, et seconderait les prétentions de son patron ; qu'enfin le curé userait de tous les moyens de persuasion et d'autorité pour faire réussir un plan si avantageux à la monarchie, à la religion et aux mœurs.

Les choses étant réglées ainsi, le conseil se sépara, chacun se consolant intérieurement de la conduite du Roi, par l'espoir d'empêcher les résultats qu'il s'en proposait.

CHAPITRE XVIII.

M. DE FIERENVILLE CHANGE DE LANGAGE.

Un jour, au matin, Lerond fut bien surpris
en voyant entrer chez lui M. de Fierenville. Il
le regarda fixement, et, sans le saluer, ni l'in-
viter à s'asseoir, il attendit ce qu'il allait lui
dire. Bon jour, mon cher monsieur Lerond,
je suis bien aise de vous revoir. — Venez-vous
ici, monsieur, pour vous moquer de moi? —
Pourquoi cette idée? Je parle sérieusement.—
Comment puis-je vous croire, quand je sais
que c'est à vous seul que je dois tous les désa-
grémens que j'ai éprouvés; quand vous êtes
cause que Thomas et son fils sont encore en
prison? Retirez-vous; ne venez pas m'insulter
chez moi, et craignez de me faire sortir de
mon caractère.—Mon cher Lerond, j'ai été
trompé sur votre compte.—Il ne fallait pas
vous laisser tromper.—Je n'ai pas cru qu'on
pousserait la chose si loin—Il ne fallait pas la
mettre en train. — Je suis fâché de voir que
vous m'en voulez. — S'il n'y a que cela qui
vous chagrine, vous pouvez vous retirer en paix.
Je ne vous veux pas de mal, quoique vous m'en

ayez fait, et je vous promets de m'occuper de vous le moins que je pourrai. — Écoutez, Lerond, nous sommes dans un moment où il est nécessaire que tous les bons Français s'entendent entre eux. — Cette nécessité a toujours existé, même dans le temps que vous me faisiez mettre en prison. Vous ne me preniez pas alors pour un bon Français; je suis cependant toujours le même. — Que diable! oublions tout cela. — Il vous est bien aisé, à vous, de prêcher cet oubli; vous pourrez oublier ce que vous avez fait souffrir aux autres, mais ceux qui ont souffert ont plus de mémoire. — J'ai eu tort, j'en conviens; mais on m'a trompé. — Si vous croyez cela, que ne chassez-vous de votre présence le misérable qui a abusé de votre confiance, ce Robert...—Oh! vous lui en voulez... Dans le fait... Je pourrais bien finir par croire que c'est un... coquin. — Pourquoi donc le voyez-vous toujours?—Écoutez...dans le fond... il a du bon. — Soit; j'ai l'honneur de vous saluer.—Écoutez-donc, Lerond, écoutez... Que diable! vous ne voulez rien entendre. — Que me voulez-vous? — Çà, plus de rancune. Donnez-moi la main. — Je ne donne la main qu'à mes amis. — Eh bien, je veux l'être, moi. Il faut venir me voir, venir dîner chez moi. Parbleu, je veux vous marier, j'ai un parti qui vous convient. Je crois bien que vous ne pensez plus à cette petite Catherine...—Vraiment! — Oui, j'ai votre affaire, une femme de chambre de mon épouse... — Dame! c'est beaucoup d'honneur. — Ah! c'est une fille!... — Je n'en doute pas; mais je vous dispense de prendre tant d'intérêt à moi.—A propos, monsieur Lerond, vous vous disposez à aller aux élections. — Oui, monsieur de Fierenville.—Vous avez là une tâche bien délicate à remplir. — Je sais cela. — Il ne faut pas aller choisir légèrement.—Oh diable! non.—Il faut d'abord bien se pénétrer des intentions du Roi. — C'est l'essentiel. — Il faut bien se figurer que c'est une concession qu'il fait pour la forme; que, dans le fond, il veut que les élections soient toujours faites dans le même esprit. — Vous croyez cela? — Oh! ce que je vous dit est exact. Ainsi, mon ami, il ne s'agit pas là d'aller donner sa voix à quelqu'un de ces cerveaux brûlés, de ces amis du désordre, qui parlent de liberté, de constitution.... — Fi donc! — Il faut choisir un homme raisonnable, d'un âge à ne plus faire de sottises... Un homme... Vous entendez bien ce que je veux dire. — A peu près. — Je parie que vous avez déjà fixé votre choix. — Quelle idée! — Ah! s'il n'y avait que des gens comme

vous pour électeurs, on n'aurait que faire de
s'inquiéter, les choix seraient bons. Vous avez
du jugement, de la sagacité, tout ce qu'il faut
pour connaître les hommes. Certainement,
votre suffrage sera bien honorable pour celui
qui l'obtiendra. — Vous me flattez. — Non,
non, je parle le cœur sur la main. J'attacherais
plus de prix à votre suffrage qu'à celui de vingt
autres. — C'est incróyable. — Je parierais vous
dire d'avance à qui vous donnerez votre voix.
— Voyons-donc. — Vous le donnerez à un
homme respectable, qui joigne aux talens et
aux qualités du cœur une naissance distinguée :
car la naissance est nécessaire à la considération ; vous sentez cela... ce n'est pas qu'entre
nous j'y attache un grand prix... — Après... —
Quel avantage pour les paysans d'avoir pour re-
présentant un bon gentilhomme qui les regarde
comme ses enfans ; oui, comme ses enfans ; je
ne plaisante pas. J'en jugé par moi, il me semble que je suis votre père à tous ; j'en ai vraiment les sentimens. — Vous l'ayez prouvé. —
Je me ferais un devoir de défendre vos intérêts,
de vous faire obtenir tout ce que vous deman-
deriez ; rien ne me coûterait. Oh ! je suis comme
cela moi ! — Ah ! ah ! — N'est-ce pas, Lerond,
que j'ai bien lu dans votre pensée ? — Oui ; mais

le point difficile, c'est de rencontrer un homme
tel que celui que vous dépeignez. — Il ne faut
pas aller loin pour cela ; réfléchissez donc bien.
Un bon gentilhomme qui aime les paysans , qui
prenne leurs intérêts... Vous voyez cela d'ici.
— Ma foi, non. — Ah! ce diable de Lerond
qui fait semblant de ne pas comprendre ce que
je veux dire... — Je veux être damné!.. si... —
Allons donc ; comme s'il ne voyait pas que c'est
son suffrage que j'ambitionne..., que je me trouverais flatté... — Ah! vous voulez donc être député?... — Oui , mon ami. —C'est donc là ce
qui vous amène? — Du tout, du tout ; mon
ami ; je suis venu pour avoir le plaisir de vous
voir , pour vous témoigner mes regrets, vous
exprimer le désir de vivre en bons voisins. Oh !
diable... n'allez pas croire... Le hasard a fait que
la conversation est tombée sur ce sujet... Parbleu , je crois que c'est vous qui en avez parlé
le premier. — Croyez-vous? — Oui, oui, c'est
vous. Je n'y aurais pas pensé sans cela. — C'est
donc moi qui vous y ai fait penser? — C'est-à-
dire... vous me faites penser à vous en parler...
Vous sentez bien qu'en désirant d'être député,
ce n'est pas l'ambition ni le désir de me mettre
en évidence, et de faire parler de moi qui me
guident. — Oh! non ! — C'est votre intérêt à

tous, mes enfans; c'est le désir de vous voir heureux, d'être utile à mon pays. — On vous reconnaît bien là. — Vous jugez qu'il serait bien
plus agréable pour moi de rester ici à vivre tranquillement au milieu de vous, bonnes gens,
que d'aller me ruiner, me fatiguer... Mais, quand
l'intérêt public parle, je ne pense plus à moi.
— Voilà du désintéressement. — Ainsi, mon
cher Lerond, c'est une affaire arrangée; je puis
compter sur vous. — Je n'ai pas dit cela. —
Allons, il va se faire prier, comme si entre amis...
— Nous sommes donc amis? — Je l'espère,
mon cher; quant à moi, je vous suis tout dévoué. — Que de bontés! — Allons, mon cher
Lerond, prenez mon bras, nous ferons un tour
dans le village; nous irons voir ce bon curé...
C'est vraiment un brave homme; il me parlait
de vous hier avec tout plein d'intérêt. — Je lui
en sais beaucoup de gré. Je le croyais un peu
changé à mon égard. — Lui! oh! pas du tout!
Il vous a toujours rendu justice, je l'aimais à
cause de cela. C'est comme Robert, auquel
vous en voulez.. — J'ai tort, peut-être? — Non,
mon ami, je suis bien éloigné de vouloir vous
trouver des torts; mais si vous saviez combien,
à sa place, il est difficile... dans des temps comme
ceux-ci... Quand on a des ordres sévères... qu'on

est obligé d'exécuter malgré soi... Allez, vous ne lui en voudriez pas autant. — Je ne l'en regarde pas moins comme un bien vil coquin. — N'allez pas croire que je veuille le justifier. Je suis porté à en juger comme vous ; je me dispose même à rompre avec lui au premier jour. Je voulais seulement vous dire qu'il ne faut pas toujours juger sur les apparences. Ah çà ! sortons-nous ? — Non, je ne sors pas, j'ai affaire. — Ah, mon cher Lerond! je serais désolé de vous déranger... Je vais vous laisser... — Comme vous voudrez. — Vous viendrez me voir ; j'y compte. — Je ne vous promets pas cela. — Si, si, il faut venir. Adieu, mon cher Lerond. — Adieu, monsieur de Fierenville.

Lerond avait voulu voir jusqu'où M. de Fierenville pourrait pousser la complaisance. C'est pour cela qu'il ne l'avait interrompu que par des demi-mots ironiques, que celui-ci n'avait pas sentis ; mais il se proposait bien, la première fois que M. de Fierenville lui parlerait à ce sujet, de lui déclarer nettement ses intentions.

CHAPITRE XIX.

DÉCLARATION DE LEROND.

Cependant le président continuait ses démarches et n'obtenait rien. Catherine se désolait, et Lerond, impatient, voulait partir de suite pour Paris. M. Simon le retint. Vous avez maintenant, lui dit-il, d'autres devoirs à remplir ; tout ce qui se rapporte au bien public doit passer avant vos affections particulières ; vous êtes Français avant tout. Les élections réclament votre présence ; il n'y a rien qui puisse dispenser les bons citoyens d'y assister : commencez donc par remplir ce devoir. Pénétrez-vous bien des intentions du monarque, qui vient de donner au peuple français une preuve si touchante de son amour, et contribuez, par votre suffrage, à nous choisir des représentans qui nous assurent le repos dont nous avons besoin.

Lerond était trop bon citoyen pour ne point sentir la justesse de cette observation ; et, quoi qu'il lui en coûtât, il différa son voyage jusqu'après les élections.

En se promenant un jour, il rencontra Robert, qui lui fit un grand salut, auquel il ne répondit pas. Il rencontra aussi le curé, qui vint à lui, enchanté de le revoir; il lui parla poliment, mais froidement, et le quitta de suite.

Lerond se disposait à aller le jour suivant aux élections. M. de Fierenville vint le trouver le soir : Mon cher Lerond, on m'a dit que vous partiez demain. — On est trop bon de s'occuper autant de moi. — Ah ça ! je vous en veux de ne pas m'avoir demandé ma voiture ; vous savez qu'elle est toute à votre service. — Vous êtes trop bon ; je craindrais d'abuser..... — Pas du tout, mon ami ; mais faisons mieux. Je dois partir aussi ; allons ensemble : d'ailleurs il faut que nous nous concertions sur ce dont nous sommes convenus.—Je ne puis, monsieur de Fierenville, accepter votre proposition ; et je vais vous parler franchement, pour vous ôter toute espèce d'incertitude sur mon compte.

Nous étions tranquilles, avant votre arrivée ; nous avions pour maire un honnête homme ; vous l'avez fait destituer, et remplacer par le plus méprisable hypocrite. Je ne vous avais jamais rien fait ; vous avez employé tous les moyens pour me procurer des mortifications ; vous avez fini par me faire mettre en prison, en faisant sur mon compte un rapport calomnieux. Vous y avez fait mettre, avec moi, deux malheureux qui ne s'étaient jamais occupés de vous, et qui y sont encore : vous n'avez jamais parlé des paysans, qu'en les traitant de canaille et de manans. Tout à coup vous changez de langage, et vous voulez qu'on croie à la sincérité de votre conversion. Vous venez nous dire que vous nous regardez comme vos enfans ; que vous êtes notre père, que vous voulez notre bien : pourquoi n'avez-vous pas toujours parlé ainsi ? Nous n'avons pas changé ; nous sommes toujours les mêmes que lorsque vous nous prodiguiez les dénominations les plus outrageantes : comment donc se fait-il que vous ayez deux manières de nous juger ?

Si, en commençant, vous aviez employé le langage que vous tenez aujourd'hui, et que vous vous fussiez conduit en conséquence, nous aurions pu vous croire sincère, et nous vous aurions aimé ; car il n'y a rien de si facile que de se faire aimer de nous. Il n'est pas nécessaire pour cela de nous faire du bien ; il ne faut qu'être honnête et ne pas nous faire de mal.

Mais vous vous êtes cru tout permis avec des paysans ; vous nous avez témoigné un mépris auquel nous n'étions plus accoutumés ; vous êtes devenu persécuteur, et vous vous êtes fermé pour toujours des cœurs que vous auriez pu vous concilier. Ce n'est point un retour aussi prompt, et dont le temps n'a point prouvé la sincérité, qui peut effacer de pareilles impressions et vous attirer notre confiance, que dans le temps vous avez jugé au-dessous de vous de mériter. Si à l'avenir vous vous conduisez comme vous promettez de le faire ; si le temps ne change rien aux bonnes dispositions que vous manifestez aujourd'hui ; si vous mettez de côté la hauteur, la morgue, l'insolence et l'esprit de persécution, pour vous montrer bon, conciliant ; affable et bienveillant ; alors nous vous croirons de bonne foi, et nous sommes trop justes pour ne pas vous rendre notre confiance et notre affection : jusque-là nous ne voulons point en courir les risques. Notre tranquillité dépend du choix que nous allons faire ; trouvez donc bon, monsieur de Fierenville, que nous choisissions, pour nous représenter, des hommes dont la conduite passée ne nous donne pas lieu de craindre pour leur conduite à venir.

M. de Fierenville n'avait point songé à interrompre Lerond. Il se mordait les lèvres ; et rougissait de colère et de dépit ; il sortit brus-

quement sans répondre un mot, sans regarder
Lerond ni le saluer.

Lerond partit pour la ville. Ainsi qu'il l'avait
promis, il donna sa voix à un citoyen recom-
mandable par ses talens, sa conduite, ses principes modérés ; et il eut la satisfaction de voir
l'unanimité des suffrages se joindre au sien.
M. de Fierenville se donna beaucoup de mouvement, intrigua beaucoup et n'obtint rien. Il
rencontra fréquemment Lerond dans le cou-
rant des opérations du collége électoral ; mais
il baissa les yeux et n'eut point l'air de l'avoir
aperçu : on n'aime point à revoir ceux près des-
quels on a fait des bassesses inutiles.

Lerond vit le président avant de revenir au
village. Cet homme respectable n'avait pas
perdu l'espoir de faire réussir ses sollicitations,
qu'il continuait toujours avec beaucoup de chaleur. Il engagea Lerond à ne point perdre patience, et à ne faire son voyage que dans le
cas où toutes ses démarches échoueraient. Lerond y consentit, quoique avec peine, et retourna tristement au village.

CHAPITRE XX.

LEROND PART POUR PARIS.

Les semaines, les mois s'écoulaient. Lerond allait fréquemment à la ville voir les deux prisonniers. Le président ne recevait pas de réponse à ses réclamations ; il commençait lui-même à désespérer du succès. Lerond, pour le coup, ne put attendre davantage ; il résolut de partir sans délai, et fit de suite ses dispositions. Il demanda un passe-port ; et, comme on se doutait du motif qui le conduisait à Paris, on eût bien voulu pouvoir le lui refuser ; mais il n'y avait plus moyen de le représenter comme un séditieux, qui voulait parcourir les départemens pour les insurger. Cet heureux temps était passé ; il fallut se résigner à lui donner son passe-port et à le laisser partir.

Il alla dire adieu aux deux Thomas. Il trouva ces infortunés supportant leur captivité avec beaucoup de résignation et de patience. Ils se quittèrent avec l'espérance de se revoir bientôt dans un séjour moins triste que celui-là.

Lerond arrêta sa place à la diligence ; il dit adieu à Catherine et à M. Simon. Catherine pleura en le voyant partir ; mais le motif qui le conduisait à Paris, et plus encore l'espoir qu'il réussirait, diminuait pour elle l'amertume de cette séparation.

Lerond se trouva dans la diligence avec plusieurs originaux. Au bout de quelques heures qu'on fut en route, il lia conversation avec eux, et notamment avec un homme déjà âgé, qui paraissait très-curieux de connaître le motif qui le conduisait à Paris. Lerond lui conta tout simplement son affaire. Je vois, lui dit le voyageur, que vous êtes un honnête homme ; vous allez à Paris pour accuser les ministres.—Moi ! pas du tout ; je vais au contraire pour leur demander justice.—Apprenez, mon cher, que tout le mal dont vous vous plaignez ne vient que d'eux ; et que, loin de leur demander justice à eux, c'est contre eux que vous devez la demander.—Je n'en crois rien, dit Lerond. Il demanda ensuite au voyageur ce qu'il allait faire à Paris. J'y vais, lui dit celui-ci, pour solliciter un poste important dans le militaire.—Vous avez donc beaucoup de services ? — Au contraire, et c'est justement pour cela que j'espère obtenir ce que je demande.—Voilà qui est singulier, dit Lerond.

On parla ensuite des affaires du temps ; le

voyageur se déchaîna contre le gouvernement.
Il dit qu'il fallait à tout prix le faire changer de
marche ; que tous les moyens étaient bons pour
y réussir. Mais, dit Lerond, puisque vous ne
voulez pas ce que veut le Roi, vous ne l'aimez
donc pas, vous n'êtes donc pas royaliste?—Au
contraire, lui dit l'autre, c'est parce que je le
suis, et beaucoup, que je parle ainsi. — Cela
est plaisant! dit Lerond.

Pendant le reste du voyage, l'étranger donna
beaucoup de conseils à Lerond sur la conduite
qu'il devait tenir pour faire réussir ses sollicitations. Il se chargea de lui faire faire connaissance avec des hommes qui pourraient lui être
très-utiles par leur crédit.

Pour moi, dit-il, mon affaire est toute claire,
et je ne puis attendre long-temps. J'ai l'oncle
d'un de mes cousins qui est mort dans l'émi-
gration ; c'est pourquoi je sollicite une pension
de trois mille francs. J'étais sous-lieutenant
en 1789 dans un régiment de cavalerie, je n'ai
pas servi depuis ce temps-là ; je sollicite le
grade de maréchal de camp, c'est bien la moindre chose qu'on puisse m'accorder. Mais comme
je ne suis plus très-ingambe, aussitôt que j'aurai mon brevet, je demanderai ma retraite,
qui, cumulée avec la pension que je sollicite,

me fera un traitement passable. Ma femme
avait une vieille tante qui a suivi dans l'émi-
gration une duchesse dont elle était femme de
chambre ; on ne peut pas lui refuser une pension de deux à trois mille francs. Mon fils aîné,
qui a déjà travaillé chez le notaire, et qui annonce de grands talens, va être fait sous-in-
specteur aux revues ; mon fils cadet, qui sort
du collége, entrera, je l'espère, comme capitaine dans un régiment de cavalerie ; de manière que nous serons tous pourvus d'emplois
ou de pensions, et qu'en ajoutant à cela mon
revenu, nous pourrons faire figure. — Comment ! dit Lerond, vous avez des revenus, et
vous sollicitez des pensions ? — Oui, mon cher ;
mais on ne peut jamais trop avoir. Il n'y a que
les sots qui se restreignent, lorsqu'ils pourraient obtenir. — Mais l'état déjà si obéré, et
que vous surchargez encore.... — L'état, mon
cher, s'en tirera comme il pourra. L'essentiel
est que nous obtenions ce que nous deman-
dons, qu'on nous donne de quoi vivre agréablement, et mener un train proportionné à
notre naissance. D'ailleurs, on peut faire des
économies : qu'on rogne les pensions à ces gens
qui n'ont pour tout droit que quelque jambe
ou quelque bras emporté, quelque trentaine

d'années de service, quelque vingtaine de blessures sur le corps, qu'ils ont reçues en combattant pour l'usurpateur. C'est sur ceux-là qu'on peut faire des économies; mais sur nous, cela crierait vengeance.

Au reste, je ne crains pas d'essuyer un refus. J'en vois tant qui ont obtenu plus que je ne demande, avec moins de titres que moi, que je suis tout-à-fait rassuré sur le succès de mes démarches. — Tout ce que vous me dites-là, dit Lerond, me paraît bien extraordinaire. — Il n'y a cependant rien de si simple. — Comment! vous vous croyez plus de droits que nos vieux guerriers... — Qu'est-ce qu'ils ont donc fait, vos vieux guerriers? — Toute l'Europe le sait ce qu'ils ont fait : croyez-vous qu'on ait oublié les batailles de Marengo, d'Austerlitz... — Quand vous voudrez citer quelque chose d'honorable aux armes françaises, gardez-vous bien de parler de ces batailles. Citez-moi Fontenoi, Laufeld, Rocoux; remontez même jusqu'à Rocroi, s'il est nécessaire. — Pourquoi aller chercher des faits qui sont si loin de nous, quand nous en avons qui se sont passés sous nos yeux? — Apprenez, mon cher, que nous trouvons; nous autres, bien plus naturel qu'on parle d'actions qui se sont passées

il y a soixante-dix ans, que personne n'a vues,
et que ceux qui ne lisent pas l'histoire con-
naissent à peine. Les noms que je vous dis,
flattent bien plus agréablement les oreilles délicates ; faites-en votre profit : au lieu que les
faits dont vous parlez, réveillent des passions,
des souvenirs... Règle générale : si vous voulez réussir, parlez beaucoup de ce qui est ancien, jamais de ce qui est de nos derniers temps.
Lerond disait en lui-même : Voilà le plus plaisant original que j'aie rencontré de ma vie.

CHAPITRE XXI.

LEROND CONSULTE POUR SON AFFAIRE.

LEROND descendit dans le même hôtel que son compagnon de voyage. Au lieu de songer à satisfaire cette curiosité assez naturelle à quelqu'un qui n'a jamais vu la capitale, il ne pensait qu'à l'objet qui l'avait amené. Le voyageur lui promit 'de le mener bientôt dans une société où il ferait connaissance avec des hommes qui pourraient faire valoir ses réclamations; et lui faciliter les moyens d'obtenir la liberté de ses deux amis.

Lerond attendit impatiemment le jour qu'on lui avait indiqué. Enfin il arriva; son protecteur le conduisit le soir dans une maison où se réunissait une société nombreuse et brillante. On fit à Lerond un accueil assez froid ; mais il y fit peu d'attention : il aurait tout souffert pour réussir dans ses démarches.

C'était justement le jour qu'on avait présenté, à la chambre des députés, un projet de loi sur la liberté individuelle. Cet important sujet occupa de suite la conversation. Il se rapportait tellement à l'affaire qui amenait Lerond à Paris, qu'il écouta avec beaucoup d'atten-

tion. Lerond vit avec plaisir que la majeure
partie de ceux qui se trouvaient là, combattaient le projet de loi. Au moins, disait-il en
lui-même, il y a encore de braves gens qui
prennent les intérêts du peuple, qui ne veulent pas qu'on puisse arrêter arbitrairement
des citoyens paisibles, comme on m'a arrêté
moi et les deux Thomas. Voilà ce qu'on ap-
pelle des hommes zélés pour le bien public.

Pendant que Lerond faisait ces réflexions,
la discussion continuait. Il était surpris de voir
que ceux qui étaient contraires au projet de
loi, mettaient dans leurs discours une ani-
mosité singulière, tandis que leurs adversaires
conservaient un calme plein de dignité. Cependant, comme il était lui-même opposé à
la loi, il désirait bien que les champions de la
liberté individuelle eussent le dessus.

Une chose l'embarrassait; c'est que, parmi
les adversaires de la loi, les uns disaient qu'elle
était inutile; les autres qu'elle était insuffisante.
Ceci est contradictoire, pensait Lerond; ces
messieurs sont bien d'accord pour le résultat;
mais ils ne le sont pas pour le principe. Si les
uns sont partisans de la liberté individuelle;
les autres y sont bien opposés.

Cette contradiction refroidit un peu l'admiration que Lerond avait d'abord éprouvée pour eux. Il les vit ensuite attaquer avec si peu de retenue celui qui présentait le projet de loi ; il leur vit mettre dans leurs discours, des personnalités si odieuses, des sarcasmes si indécens, qu'il pensa que c'était peut-être plus la passion que l'amour du bien public qui motivait leur opinion.

D'un autre côté, les hommes qu'ils attaquaient, se défendaient avec tant de dignité; la raison parlait par leur bouche un langage si noble; on voyait percer, dans leurs discours, tant d'amour du bien public, et les inculpations de leurs adversaires, quand ils se donnaient la peine de les réfuter, paraissaient si dignes de pitié et de mépris, que Lerond se sentait entraîné presque malgré lui à être de leur avis. Toutefois, quand il venait à penser au sujet qui s'agitait; quand il se représentait ses deux amis en prison depuis si long-temps, son sang bouillonnait dans ses veines, et il revenait à ses premiers sentimens d'approbation et de bienveillance pour les défenseurs de la liberté individuelle.

Cette discussion se termina, comme se terminent à peu près toutes les discussions; c'est-à-dire que chacun, après avoir bien crié, bien argumenté, bien gesticulé, resta très-persuadé qu'il avait raison, et n'en fut que plus attaché aux premières opinions qu'il avait manifestées.

Comme on était prêt à se retirer, Lerond pensa qu'il ferait bien de consulter sur son affaire quelques-uns de ceux qu'il avait vus les plus ardens à combattre le projet de loi. En voyant cinq à six réunis, qui parlaient entre eux, il s'approcha du groupe, et saluant d'une maniere respectueuse : Messieurs, dit-il, j'aurais un conseil à vous demander. — Qui êtes-vous ? — Messieurs, je suis un paysan... — Un paysan ! cherchez un avocat, mon ami, si vous avez besoin de conseils. — Messieurs, il s'agit ici de liberté. — Est-ce que vous vous mêlez aussi de parler de liberté ? Quelque peu qu'on vous en laisse, ce sera toujours trop. — Mais, messieurs, quand vous parliez tout à l'heure dans l'intérêt du peuple...... — Croyez-vous, mon ami, que nous sommes faits pour défendre les intérêts des gens de votre espèce ? Vous êtes plaisant de venir vous adresser si cavalièrement à des hommes de notre rang ! Allez, si vous voulez des conseils, cherchez-en près de vos égaux.

Lerond, qui était naturellement assez emporté, fut prêt à leur dire des injures. Il se

retint cependant, quand il songea qu'il com-
promettrait peut-être les intérêts de ses deux
amis. Je les ai, sans doute, interrompus mal
à propos, se dit-il ; ils étaient encore dans la
chaleur de la discussion, et c'est pour cela qu'ils
auront trouvé mauvais que j'aie été les distraire
du sujet qui les occupait. La manière dont ils
m'ont reçu est trop en contradiction avec leurs
discours, pour qu'elle ne soit pas l'effet d'une
distraction. J'irai les trouver dans un moment
où ils seront de sang-froid, et j'en aurai sans
doute plus de satisfaction.

Lerond ne dit rien à son introducteur de la
manière dont ces messieurs l'avaient reçu. Il
s'informa seulement de leur domicile, pour
aller les consulter dans un moment plus opportun.

CHAPITRE XXII.

LES DEUX SOLDATS.

Le lendemain, Lerond vit dans la cour un garçon de l'auberge qui causait avec un soldat
habillé de rouge. Je croyais, dit-il qu'il n'y avait
plus d'Anglais à Paris. — Ce n'est point un Anglais, lui dit-on, c'est un soldat de la garde.
Lerond, qui n'avait jamais voulu servir, n'en
aimait pas moins les soldats, et un soldat de la
garde, particulièrement, lui paraissait mériter
de la considération. Le soldat s'étant approché,
Lerond chercha à lier conversation avec lui :
Eh bien ! mon camarade, lui dit-il, vous devez
vous trouver heureux d'être dans le corps où
vous servez. — *Oui, nous l'être pien payés et la
fiande y l'être pon.* — Indépendamment de cela,
l'honneur d'être chargé de la garde du prince.
— *Oui, nous l'afoir seize sous par chour,
l'être pien choli.* — De plus, le plaisir de servir
sa patrie. — *Moi pas safoir ce que fous feut
tire avec son batrie.* — Comment ! vous ne me
comprenez pas quand je parle du plaisir qu'il

9

y a à servir la France? — *Oh! la France ou pien un autre pays, il est tout écal pour moi.* — Quoi! vous ne vous embarrassez pas... — *Moi, m'emparasse te recevoir mon l'archent tous les cinq chours, le reste il recarte pas moi.* — Ah çà! mais c'est pour plaisanter que vous me tenez ce langage? car il n'est pas naturel que ce soit là votre façon de penser. — *Foyez-fous ce l'orichinal qui croit que moi blaisante, comme si l'être pas nadirel ce que che tis!* — Oh! ne vous fâchez pas. — *Moi y feut fâcher moi, et vous y peut s'en aller à le tiaple.* Le soldat, en disant ces mots, quitte Lerond, qui était dans une surprise inexprimable d'entendre des choses aussi étranges. Parbleu, disait-il, voilà la première fois qu'il m'arrive d'en rencontrer un pareil. Je n'en reviens pas.

Dans ce moment, Lerond vit entrer dans l'hôtel un autre soldat qui avait un bonnet à poil et un habit bleu. Lerond fut à lui: Vous servez dans la garde royale? — J'ai cet honneur, lui dit poliment le soldat. — Vous vous y trouvez heureux? — Un soldat français est toujours heureux, lorsqu'il peut servir son prince et sa patrie? — Vous l'avez déjà bien servie, cette patrie? — Mon sang a déjà coulé pour elle, et ce qui en reste lui appartient encore. — Vous servirez de même notre bon Roi !—Nos cœurs et nos bras sont à lui.

Ferond lui prit la main : Voilà, dit-il, le langage d'un soldat français, voilà les sentimens que je leur supposais, et je ne me trompais pas!

CHAPITRE XXIII.

LEROND SE MET EN COLÈRE.

LEROND, toujours occupé de son affaire, alla le même jour chez le personnage qu'il avait remarqué comme le plus bouillant adversaire du projet de loi sur la liberté individuelle. Quoiqu'il espérât mieux de cette seconde entrevue que de la première, il ne se fit pas cependant annoncer comme un paysan ; il craignait de ne pas être reçu sous cet humble titre. Il fit annoncer M. Lerond, et quoique ce nom plébéien dût sonner mal à des oreilles délicates, qui aiment les noms sonores, précédés d'une particule, il pensa néanmoins qu'il lui serait plus favorable que la qualification qui lui avait si mal réussi la veille.

M. Lerond fut introduit. Il trouva réunis chez l'homme en question presque tous ceux qu'il avait vus partager son opinion dans la dispute. Après avoir fait cinq à six grands saluts, que personne ne lui rendit, il entra en matière. Messieurs, je prends la liberté de me présenter devant vous pour vous exposer une affaire qui a un rapport direct avec la discussion que je

vous ai entendus soutenir hier.—C'est encore
le même homme; dirent plusieurs voix ! on
ne pourra donc pas s'en débarrasser ? Là-des-
sus on se remit à causer presque aussi haut que
quand il était entré. Lerond continua sans se
déconcerter : J'ai été mis en prison, messieurs.
— Tant pis pour vous, mon ami, c'est que
vous l'aviez mérité. — J'y suis resté six mois.
— Vous auriez dû y rester un an ou deux. —
— J'ai été jugé. — Par des juges corrompus,
sans doute, puisque vous voilà. — J'ai été acquitté. — Ah ! vous êtes un échappé aux tribunaux, et vous osez vous présenter devant
nous ! — Messieurs, on n'a fait que me rendre
justice.— Ne semble-t-il pas qu'on vous la doive,
cette justice ? Il s'agit bien de cela avec des manans comme vous !—Messieurs, je ne suis point
un manant, je suis un bon propriétaire, j'ai
4000 francs de rente et je suis électeur, qui plus
est. — Électeur ! Voyez-vous, messieurs, c'est
un de ces scélérats couverts de crimes, dont une
autorité prudente avait purgé la société, et
qui y ont été vomis de nouveau pour influencer
les élections. C'est ainsi qu'on a osé soustraire
tant de criminels au supplice qui les attendait.
Cela crie vengeance. Il faut dénoncer ces infa-
mies à l'indignation publique. Voilà un exem-

ple que nous pourrons citer. Quel est ton nom, misérable ? d'où es tu ?

Lerond vit bien pour le coup qu'il s'était trompé sur le compte de ces messieurs, et qu'il ne devait rien en espérer pour le succès de ses démarches ; mais il voulut les braver un peu, pour se dédommager des injures qu'il 'en recevait. Je répondrais, dit-il, à toutes vos questions, messieurs, si vous me les faisiez plus poliment. — Ne faut il pas se gêner pour parler à un homme de cette espèce ? — Un homme de mon espèce, messieurs, s'estime autant qu'un de la vôtre.—Tu es insolent !—Et vous, vous êtes des hypocrites ! — Sors d'ici à l'instant, gredin ! dirent plusieurs de ces messieurs, en s'avançant vers lui d'un air menaçant. La tête de Lerond commençait à se monter. Il n'était point accoutumé à endurer tous les affronts qu'on lui prodiguait ; d'un bras vigoureux il saisit un gros et lourd fauteuil qui se trouvait près de lui, et l'élevant au-dessus de sa tête, comme si c'eût été un poids fort léger : Malheur, dit-il, au premier qui portera la main sur moi !

Cette attitude arrêta tout court les assaillans. Comment ! dirent-ils, un paysan poussera l'audace à ce point avec des hommes de notre rang !

Votre rang, dit Lerond furieux, n'empê-

chera pas que je n'éreinte le premier qui me
touchera. — Mais vous n'êtes pas le maître chez
nous. — Je le sais bien, et je vais m'en aller ;
mais je m'en irai de mon plein gré ; je ne veux
pas qu'on ait l'air de me jeter dehors. — Prenez
garde à ce que vous faites, mon ami. — Je me
moque de vous ! — Pourquoi venez-vous nous
chercher pour nous consulter sur des affaires
dont nous ne voulons pas nous mêler ? — Quant
à cela vous allez le savoir, dit Lerond, posant
son fauteuil à terre, mais conservant toujours la
main appuyée dessus.

Je vous ai entendus discuter hier au soir,
vous défendiez la liberté individuelle; vous invoquiez des principes sacrés, vous mettiez en
avant cette Charte, qui est la garantie des li-
bertés et des droits de la nation. Je ne me suis
pas informé de votre nom ; je vous ai crus des
citoyens zélés pour le bien public, pour les intérêts du peuple et de l'humanité toute entière.
Quand vous invoquiez la Charte, je vous ai crus
pénétrés de son esprit et dévoués à ses principes ; je n'ai, en un mot, attribué qu'à des mo-
tifs honorables pour vous, l'emportement même
que vous mettiez dans vos discours.

J'ai été indignement persécuté : deux infortunés, qui l'ont été comme moi, gémissent

encore dans les fers. Je viens à Paris pour demander qu'on les rende à la liberté. J'avais besoin de quelques conseils pour guider mon inexpérience. Quand je vous ai entendus, j'ai pensé ne pouvoir mieux m'adresser qu'à vous ; vous paraissiez si zélés pour les intérêts du peuple, que je n'ai pas cru que ma qualité de paysan dût m'empêcher de trouver près de vous des consolations, des conseils et un bienveillant appui. Non contens de me refuser tout cela, vous m'injuriez de la manière la plus infâme... Vous auriez eu la lâcheté de me maltraiter, si j'avais été assez bon pour le souffrir. Vous m'ouvrez les yeux, messieurs, je vous connais maintenant, et je vais détromper tous ceux qui seraient tentés de vous juger sur vos discours.

La plus vile hypocrisie les a dictés, ces discours qui m'ont séduit un moment. Désespérés par un système qui trompe tous vos projets, vous essayez de décréditer les véritables amis de la nation, en vous en montrant plus amis qu'eux ; et c'est pour ce motif que vous défendez des principes pour lesquels vous avez dès long-temps prouvé votre aversion, que vous vous faites les champions de cette Charte dont vous ne vouliez pas il y a un an. Vous ne feignez de prendre les intérêts du peuple, que pour détruire l'influence de ceux qui les prennent réellement, que pour acquérir du pouvoir sur lui ; et ce pouvoir ne serait pas plus tôt entre vos mains, que, mettant de côté toute dissimulation, vous en accableriez ce peuple, qui aurait été assez imprudent pour vous le confier : mais vous ne séduirez plus personne ; vos sentimens sont connus, ils percent malgré vous au travers de votre langage étudié.

Continuez comme vous le faites, et vous aurez atteint au but diamétralement opposé à celui que vous vous proposez. Le peuple n'est point stupide comme vous voudriez qu'il le fût. Les lumières qu'il a acquises, et que vous êtes si indignés de lui voir partager avec vous, lui ont appris à connaître les hommes. Il vous a jugés, messieurs; et ce jugement est sans appel. Il se gardera bien de vous rendre sa confiance: il sent mieux que jamais la nécessité de ne charger de sa cause que des citoyens qui préfèrent leur patrie à leurs opinions, le bien public à leurs intérêts, et le salut de la France au succès de leurs prétentions, de leurs intrigues, de leurs vengeances.

Lerond, après avoir prononcé ces mots d'une voix ferme, fixa avec assurance toute la société qui était muette, et gagna lentement la porte sans saluer et sans ajouter un mot.

En sortant de cette maison, il alla se promener pour dissiper l'émotion que cette scène lui avait causée.

CHAPITRE XXIV.

LE SOLLICITEUR DÉÇU.

LEROND rentra à son hôtel en même temps que le voyageur qui lui avait procuré la connaissance des hommes qui l'avaient si bien reçu. Il s'approchait de lui pour lui faire part de ce qui venait de lui arriver : Allez, lui dit celui-ci; vous êtes un malhonnête homme. — Tiens! dit Lerond, voilà du nouveau. — Vous me compromettez chez des gens respectables. — Comment donc cela? — Vous me faites mettre à la porte d'une maison où j'étais bien reçu. — Vous n'aviez qu'à faire comme moi, on ne vous aurait pas mis à la porte. — Oui, vantez-vous de votre conduite; aller insulter des gens chez eux! — J'ai été les consulter; ce sont eux qui m'ont injurié. — Je me repens bien d'avoir eu la faiblesse de vous présenter. — Et moi je me repens bien d'avoir en quelque sorte usé de votre protection. — Vous me rendrez raison de cela. — Tout de suite, je suis prêt. — Si vous étiez mon égal... — Heureusement que vous y pensez. — Savez-vous la différence qu'il y a entre un mauvais paysan comme vous et un homme

comme moi ?. — Elle est toute trouvée la différence ; c'est que vous avez la lâcheté de vous
laisser jeter à la porte , et que moi j'en ai fait
passer la fantaisie à ceux qui auraient voulu
le tenter. — Vous mériteriez que je vous fisse
arrêter. — Oh ! ceci n'est plus de saison, on
n'arrête plus comme cela. — Est-il possible que
je vous aie pris pour un homme bien pensant ?
— C'est là le pis. — N'ayez pas l'air de vous
moquer. — Je n'en ai pas seulement l'air.
— Je vous défends de me regarder en face. — Je
ne regarde pourtant jamais mon monde autrement. — Me faire arriver un tour semblable !
— Mais qu'est-ce donc qui vous est arrivé ?
— Comment ! on me donne rendez-vous ce
matin pour apostiller mes pétitions : j'y vais ;
je trouve tout le monde dans un trouble ef-
frayant ; on me dit des injures ; on me reproche d'avoir présenté un scélérat qui s'est porté
aux derniers excès ; on me prend par les épaules, on me met dehors, et voilà mes pétitions
au diable. Dieu sait à présent quand j'obtien-
drai ce que je demande. — Ah ! pour ce dernier article, j'en ai vraiment du regret ; mais
vous conviendrez que vous avez là de singuliers
protecteurs. — Ils sont excellens, morbleu ! et
c'est vous qui me les faites perdre. — Il faut en

chercher d'autres.—C'est bien aisé à dire; n'est
pas protecteur qui veut; il y a un an, à la bonne
heure , tout le monde s'en mêlait. C'était là le
bon temps ; mais aujourd'hui la chance a bien
tourné. — Ne demandez que des choses justes,
vous n'aurez pas besoin de tant de protections.
— Est-ce que mes demandes ne sont pas justes?
— Ma foi non , puisqu'il faut vous dire la vérité. — Vous êtes un sot, mon ami; je vous
avais cru quelque bon sens, quelque connaissance des choses ; mais il ne faut pas en chercher dans un homme de votre espèce. Je rou-
gis de m'être abaissé au point d'avoir des bontés pour un individu comme vous ; n'ayez jamais l'audace de me parler.

Lerond partit d'un grand éclat de rire , et
l'autre furieux s'éloigna en jurant et en menaçant. Lerond, qui continua de rire jusqu'à ce
qu'il l'eût perdu de vue.

CHAPITRE XXV.

LEROND TROUVE ENFIN CE QU'IL CHERCHAIT.

LEROND pensa que, puisqu'il avait été si mal reçu par les défenseurs de la liberté individuelle, il le serait peut-être mieux par leurs antagonistes. Cette réflexion le frappa, et il résolut de tenter de suite cette nouvelle épreuve. Il se rendit chez celui qui avait parlé la veille avec le plus de calme et de noblesse. Lerond le trouva dans son cabinet. Il vit un homme respectable qui le reçut avec beaucoup d'affabilité, sans lui demander qui il était. Lerond lui exposa le sujet qui l'amenait, et ne lui laissa pas ignorer ce qui lui était arrivé la veille. Celui dont il sollicitait la protection, l'écouta avec attention, et lui dit, quand il eut fini :

Votre réclamation est juste, et je suis très-disposé à m'employer de tout mon pouvoir, pour qu'elle obtienne un plein succès. Malgré ce que vous m'avez entendu dire, je suis, autant que qui que ce soit, ennemi de l'oppression et de la violence.

Je gémis plus que personne de voir suspendre le plus sacré de tous les droits, celui de la liberté individuelle. Quoi qu'on dise sur ce sujet, il n'y aura jamais rien qui puisse justifier une pareille mesure ; mais ceux qui la demandent ont montré à quel point les intérêts de la nation leur étaient chers. Éclairés sur les déplorables abus qu'a fait naître, l'année dernière, une loi trop rigoureuse, et qui laissait trop à l'arbitraire, on peut espérer qu'ils les préviendront à l'avenir. Tout ce qu'ils ont fait depuis cinq mois a prouvé qu'étrangers à tout esprit de parti, ils n'avaient pour but que le salut de la France et la tranquillité publique ; que, décidés irrévocablement à marcher dans la route qui doit les conduire à ce résultat, ils sauraient repousser toutes les séductions qui tendraient à les en faire sortir. Laissons-leur donc les moyens d'achever ce qu'ils ont commencé ; accordons-leur encore la suspension d'un droit sacré, dans la certitude qu'ils n'en abuseront pas, et dans l'espoir que, l'année prochaine, ils demande-ront eux - mêmes la révocation des pouvoirs qu'on leur accorde.

Cette loi modifiée, comme elle le sera, ne donnera plus à des fonctionnaires aveuglés par la passion, les moyens de trouver, dans des erreurs passées, l'indice d'un crime présent ; dans des soupçons vagues et souvent injustes, la

certitude d'un attentat; dans la différence d'opinions, un prétexte suffisant pour persécuter. Une
autorité sage et douce contiendra plutôt la malveillance par le pouvoir dont on saura qu'elle
peut user, que par celui dont elle usera réellement. Elle s'attachera plutôt à frapper l'imagina-
tion qu'à trouver des victimes. Enfin, quand elle
sera forcée de punir, elle saura distinguer les fau-
tes, elle leur proportionnera les châtimens, et
ne confondra plus, comme on l'a vu trop long-
temps, les regrets du passé avec la rébellion,
l'imprudence avec le crime, l'indiscrétion avec la
malveillance, le mécontentement avec les entre-
prises coupables. Ainsi s'écoulera la dernière
année du règne de cette loi, qui, par l'extension
qu'on lui a donnée l'année dernière, a laissé le
champ libre à tant de viles intrigues, à tant de
basses vengeances, à tant de lâches calomnies ;
mais qui, cette année, ne sera plus qu'un frein
peut-être encore nécessaire pour un bien petit
nombre d'individus, et ne pourra, en aucun
cas, redevenir, comme elle l'a été, un sujet de
terreur pour les citoyens paisibles et soumis.

L'heureuse ignorance où vous êtes dans vos
campagnes, des dissidences d'opinions et des
intrigues de parti, vous a fait juger de tout sur
les apparences. Ainsi vous avez cru, dans la

conversation dont vous avez été témoin; que
ceux qui soutenaient la loi étaient des ennemis du peuple; que ceux qui la combattaient
étaient ses défenseurs. L'expérience vous a dé-
trompé; mais je ne voudrais pas que ce qui
vous est arrivé vous rendît injuste envers tous
ceux qui ont parlé dans le même sens. Il en est
qui ont combattu la loi, non point par haine
de ceux qui la présentaient; non point par
aucune espèce de calcul, de vues particulières, ou d'envie de se populariser, mais par le
noble élan d'une âme généreuse, près de la
quelle rien ne peut justifier une mesure injuste
en elle-même.

Ceux-là sont faciles à connaître; leur langage
a toujours été le même. Ils ne disaient pas, il
y a un an, le contraire de ce qu'ils disent aujourd'hui; ils ne foulaient pas alors aux pieds
les droits qu'ils défendent maintenant. Inébranlables au milieu des fureurs de l'esprit de
parti, et à l'aspect des dangers qui les mena-
çaient, ils ont osé plaider les droits de l'humanité
contre ceux-là même qui parlent aujourd'hui
comme eux, et qui alors étouffaient leur voix
par les plus indécentes clameurs, par la plus
ignoble dérision; mais leur voix s'élevait au
milieu des imprécations et des outrages pour

proclamer ces principes immuables de justice que les passions ne sauraient détruire; cette voix libre et fière qui importunait le faux zèle, allait consoler tous les citoyens vertueux, en leur apprenant que, dans ces temps déplorables, la raison et l'humanité avaient encore quelques défenseurs.

Honorez ces hommes courageux qui ont acquis des droits à la reconnaissance de la nation toute entière; mais ne jugez pas trop sévèrement ceux qui vous ont tant surpris par l'opposition de leur conduite avec leurs discours. Une vanité excessive, qui se trouve cruellement blessée; des prétentions immodérées, auxquelles il faut renoncer; d'antiques préjugés, qui sont froissés à chaque instant, ont pu donner à leur caractère cette aigreur qu'il vous a été impossible de supporter patiemment. Leur plus grand tort est d'avoir voulu se charger d'un fardeau au-dessus de leurs forces; d'avoir voulu réformer toutes nos institutions, sans pouvoir les remplacer par d'autres; d'avoir prétendu gouverner la France, quand ils ne pouvaient pas se conduire eux-mêmes. Aussi vous avez vu ce qui est arrivé. L'année dernière, quand ils étaient investis du pouvoir, on eût cru qu'une commotion terrible eût seule pu le leur ôter. Cependant la tranquillité n'a point été troublée, seulement les têtes se sont refroidies, on a ouvert les yeux, et la force des choses a replacé ces hommes au rang secondaire, qu'ils n'auraient jamais dû quitter. Malgré les efforts qu'ils font encore pour se remettre en évidence, l'attention cesse de se fixer sur eux; l'obscurité commence à les environner; et par l'impulsion naturelle des esprits, ils retomberont dans un profond oubli, dont ils ne chercheront plus eux-mêmes à sortir.

N'emportez donc de haine contre personne; plaignez ceux qui, aveuglés sans doute, plus par l'inexpérience que par la méchanceté, et entraînés peut-être malgré eux, ont fait du mal sans nécessité; ils sont assez punis par les reproches qu'ils doivent se faire.

Mais il importe de détruire jusqu'aux traces de ces temps malheureux, et de faire obtenir une prompte justice à ceux qui ont subi des punitions arbitraires. L'affaire de vos deux amis ne doit vous donner aucune inquiétude; je me charge de faire entendre vos réclamations, et je vais m'en occuper à l'instant même. Venez demain, et je pourrai peut-être vous annoncer déjà quelque chose de satisfaisant.

Lerond remercia beaucoup son généreux

protecteur ; il sortit enchanté de son affabilité et de l'espoir qu'il lui avait donné. En regagnant son hôtel, il faisait des réflexions sur ce qui lui arrivait, et se trouvait bien déplacé dans un pays où les hommes sont si différens de ce qu'ils paraissent ; où les plus beaux discours ne sont souvent qu'une annonce trompeuse ; où, pour parvenir au bien, il faut demander et défendre des mesures qui semblent ne devoir faire que du mal.

CHAPITRE XXVI.

HEUREUSE NOUVELLE. RETOUR DE LEROND DANS SA FAMILLE.

CONCLUSION.

LEROND reçut le lendemain une lettre de son endroit, qui le remplit de joie, et mit fin à toutes ses inquiétudes. On lui annonçait que Thomas et son fils avaient été mis en liberté le lendemain de son départ, que le père Thomas étant malade, on n'avait pas voulu lui annoncer cette nouvelle; mais que maintenant ce bon vieillard étant rétabli, et rien ne troublant plus la joie commune, on l'invitait à venir l'augmenter par sa présence.

Lerond alla remercier l'homme qui lui avait offert ses services avec tant de bonté. En entrant à l'hôtel, il trouva son solliciteur radieux, qui, malgré les différens qu'ils avaient eus ensemble, vint à lui pour lui faire part de sa joie. Il lui apprit que, forcé de renoncer à ses premières prétentions, il s'était retourné d'un autre côté; et venait d'obtenir une mission de confiance. Lerond, jugeant, avec son bon sens ordinaire, que ceux qui étaient l'objet d'une pareille confiance, méritaient peu celle des honnêtes gens, se hâta de le quitter.

Lerond fit promptement ses dispositions, et quitta Paris sans regret. Tout ce qu'il y avait vu, ne lui rendait que plus cher son modeste village, qu'il espérait retrouver calme et paisible, comme il l'avait été si long-temps. Il était persuadé que l'état le plus heureux de la vie est celui d'un paysan qui, possesseur d'une fortune honnête, ayant reçu assez d'éducation pour apprécier les avantages de sa position, et jouir de tous les agrémens qu'elle peut lui procurer, entouré de sa famille qui l'aime et de ses égaux, qui sont tous ses amis, se livre alternativement aux travaux les plus utiles, aux loisirs les plus agréables, aux affections les plus douces.

En arrivant chez lui, il trouva toute sa famille dans la joie. M. de Fierenville ne pouvant plus exercer ni autorité ni influence, avait pris le parti de quitter des lieux si peu dignes de le posséder, et de venir dans la capitale. Robert s'était banni lui-même d'un endroit où il n'osait plus regarder personne en face. L'ancien maire avait repris ses fonctions, qu'il n'aurait jamais dû quitter. Le curé, qui s'était laissé entraîner par faiblesse dans le parti de M. de

Fierenville, mais qui dans le fond avait un bon cœur, était redevenu doux et charitable comme il l'était autrefois ; enfin le calme et la confiance étaient rétablis dans ce village, dont tous les habitans semblaient ne plus former qu'une seule et même famille.

Lerond vient d'épouser Catherine ; le père Thomas a béni cette union, qui assure le bonheur de ses derniers jours. Thomas fils, toujours bon citoyen, toujours dévoué à sa patrie, a oublié les persécutions qu'il a éprouvées ; et comme il voit que le temps est passé où il suffisait d'avoir servi pour n'être pas jugé digne de servir, il espère encore pouvoir rendre sa vie utile au Roi et à la France.

Cette famille est heureuse ; elle adresse tous les jours des vœux au ciel pour la conservation du Prince qui a voulu régner pour tout le monde, et qui a rassuré tous ses sujets contre les prétentions des Robert, des Fierenville et de tous ceux qui leur ressemblent.

FIN.

TABLE

DES MATIÈRES.

FIN DE LA TABLE.

www.ingramcontent.com/pod-product-compliance
Lightning Source LLC
Chambersburg PA
CBHW051143260626
47170CB00005B/1942